美麗的回憶

六色羽、語雨、破風、倪小恩　合著

天空數位圖書出版

目錄

六色羽

目錄

諾爾

目錄

破國

目錄

倪小恩

父女

文：六色羽

六色羽

晚餐的餐具洗好後，媽媽站在門口拿起傘正要走出門時，雨中已傳來熟悉的談話聲，女兒和爸爸一起撐著一把傘，依偎的向家走來。

女兒在家附近的補習班補習，謀殺推理劇看太多的爸爸，堅持每晚去接她回家，雖然女兒已國中，但他就是不放心穿著宛如水手制服的她，獨自走在暗夜巷弄裡。

女兒果然是老公上輩子的情人。想起當年她在醫院呱呱落地後第一次回家，也是她爸爸細心呵護抱在懷裏送進房門。粗獷的老爸輕手輕腳的將女兒放於替她準備好的嬰兒床時，她好像感受到父母的愛與家的溫暖，兩隻小手合十，幸福的枕於頭下，睡得好不香甜。

從此的每天晚上，女兒惡夜哭聲，引起那傳說中會餵奶的第三隻腳出現了。被媽媽踢醒的爸爸將女兒放到榻榻米上，他一大樽的強壯身軀窩在柔軟嬌小的女兒前方，先幫她檢查尿布，再餵牛奶，女兒終於不哭了，好不忙碌。

　　媽媽沒有睡，只是筋疲力盡的看著昏暗燈光下的父女兩身影，忍不住的感動。

　　「寧願當個孤獨的女王，也不願做個委屈的小三；寧願找不到老公，比挑錯老公還悲慘十萬倍；記得妳不是車子，不用為了男人來改東改西；談戀愛只有不適合，沒有誰配不上誰的道理。」

　　得知女兒初經來時，爸爸急得如熱鍋上的螞蟻，連忙搬出人氣作家的十大愛情警句，在女兒面前耳提面命。

外公與鞋

文：六色羽

　　魚兒一隻隻的上勾，外公的魚尾紋頰夾著大豐收的微笑，我在河岸的岩石上光著腳穿梭跳躍，一點也不想看到牠們在尖銳的魚勾上，掙扎拽動求著生存的模樣。

　　「丫頭，妳的鞋快漂走了，去撿！」外公抽空回頭叮囑我。

　　就在那一瞬間，他魚竿激烈的被拉扯跳動了起來，外公使出吃奶的力氣死命的捲動釣竿，一隻烏漆八黑的土司隨即躍出水面，牠嘴邊8條鬍鬚瘋狂的飛揚，就是不肯認命，逼得外公幾乎無法招架。

　　情急之下，外公只能徒手抓住魚頭想讓牠降服，卻聽到一聲參天慘叫。

　　不知道是魚嘴還是牠嘴上的勾子，將外公的手掌劃開了一道深深的口子，當血將他白色的工作手套給染紅時，我卻腦中一片慘白愣在原地。

　　等我回神時，已經坐在外公的老爺腳踏車上狂奔。

　　感覺小腿不斷有溫熱黏稠的雨滴打來，低頭一瞧，竟是紅通通的血珠子，自外公握著車把的手中飄落。

　　他雖然已將傷口做了初步的包紮，但依然血流不止，我直覺他應該快死了而放聲大哭！原本勇往直前的車頭突然變得歪歪斜斜，猛地急轉了個彎，前進的速度乍然變慢，外公帶著傷艱難的爬坡，最後停在雜貨店門口。

　　老爺車繼續出發時，我嘴裏啣著一枝梅子冰棒，酸甜透涼的冰，帶著淚水和濃濃的血味，一起伴著震耳的蟬鳴，融化在炎炎的午後。

　　外公終於到達了醫院，媽也隨後趕到。

　　她一見我便問鞋呢？我低頭看著光腳丫，茫然的搖頭。

　　原來鞋子在外公的口袋裡。

安全感

文：六色羽

凌晨十二點，窗外的馬路上，偶有車聲飛馳而過、偶有狗兒嗷叫於空曠街頭。

任何的騷動都驀地發生，再乍然又歸於死寂！

黑暗中，百鬼再次蠢蠢欲動，自四方的死點竄出，無聲無息的在向我逼近。

隔著牆我甚至於可聽到它們的腳步聲、聞到它們身上的腐爛味道，散發著強烈不懷好意的念圖，這其中，尤以跳躍式的殭屍最為可怕。

夜晚如此的長，殭屍跳得再慢，總有跳到我腳邊的一刻。

來了，它真的到了，就停在那裡，碰在我腳上的屍身，陰冷自腳趾直竄頭頂，我小心的瞇起眼看向它，剛好對上兩顆裸露在眼瞼外的眼珠子，正空洞無神瞪著我！

我如被電擊般的恐怖！

它開始跳到我頭的正上方，一個傾身，參差不齊的尖銳利牙，流著惡臭帶黃的濃血，它想要吸走我的靈魂！

　　我屏息和它纏鬥，讓它以為我跟它一樣來自於地獄，但它左嗅右聞不肯放過，房外傳來大門咔嚓一聲，我再也忍受不住的向外飛奔，撲到剛下班的爸爸身上。

　　「還不睡覺？殭屍叔叔又來找妳啦？」

　　我點頭，安穩的躺在他微微鼓起的鮪魚肚上。他在外打戰沾得一身的汗臭味宛如鎮定劑；他強壯溫暖將我抱於胸膛的臂膀，是安眠藥。

　　那年的炎炎暑假，只有這份安全感能讓我進入夢鄉，當時我以為這座堡壘會永遠守候著我一輩子，直到有一年父親因病也成了殭屍叔叔，我才知道天下原來沒有不散的宴席。

和他的隔閡

文：六色羽

以前，不管她在這個屋簷下住了多少年，和他，就是無法親近。

說話不投機、生活習慣不一樣、年齡造成思想上的落差，更是加深了本非血緣間的隔閡。

為了婚姻，她不得不和他同住；為了兒子，他不得不委曲她這外來媳婦。

老人家聒噪碎唸的性格，正好與媳婦謹慎寡言成了嚴重的反比。媳婦向來堅信沈默絕對是金，比起吱吱喳喳說了一大堆沒墨汁沒內容的話討人譏笑，還不如一旁察言觀色，才能洞燭先機。

他老是要求她對長輩嘴要甜一點，才會討喜，但她依然我行我素，獨走自己的個性。

兩人從水火不容到避而不見，生活品質總算有了一些改善，至少不會再讓鄰居，不得不聽著他們日夜爭吵的噪音。

和公公不再說話，夾在中間最痛苦的莫過於老公。

　　老人孤單寂寞、想惹人注意才會喋喋不休，退休後失去了生活目標又沒有其他的興趣，是一大詬病。於是太陽東升又西落，不管何時進出家門，都有個落沒孤獨的蒼老影子，守在客廳的電視機前，成了另一座大型傢俱。

　　某天丈夫下班回家的身影和公公的擦身而過，她愣住！

　　不禁遙想公公一手築起這個家、在這裡養兒育女的模樣。

　　世代的交替與輪迴，傳承到了丈夫的身上。

　　丈夫洗完手就迫不及待的抱起早已等在他腳邊的女兒，父女倆有說不完的話。媳婦則叫了一聲：「爸，吃飯了。」

爺爺的寶藏庫

文：六色羽

看著鐘，心裡在倒數計時，5、4、3、2......還沒數到一，頭戴鵝黃色的小朋友如自國小傾瀉而出的螞蟻，魚貫般的往爺爺的乾嬤店竄入。

小小的乾嬤店瞬間被擠爆，退無可退的迫切焦慮一股腦湧上，我退到屋子最角落都還是無立足之地，幾乎和那張陳年的壁貼融化在一起。

很多小朋友因剛在校園玩耍或剛上完體育課，滿臉曬得通紅，上衣和頭髮也被汗水給濕透，汗臭味、乳酸味夾雜著糖果、芒果乾和果汁、汽水等零食的甜膩，在滯悶不通風的乾嬤店混淆成令人隱隱作噁的毒氣。

爺爺卻樂得收銅板，噹噹噹的一個接著一個落在他的掌心裡，再流轉收藏到他架子旁一個古老檜木製成的抽屜。

那個抽屜深不見底，爺爺不允許我碰他那個寶藏庫。每次我忍不住將它拖出不到 1/3，就能感受到背後傳來一股涼意，回頭，一雙殺人般銳利的眼睛正怒瞪著我，不免招來一頓臭罵和警告。

　　但好奇能夠殺死貓，我還是屢試不爽的就是想去偵查那抽屜究竟藏有什麼寶藏？這老頭有貓膩。

　　某個炙熱的正午，趁爺爺在睡午覺，我躡手躡腳跑到攤櫃，將抽屜拉出 1/3，迅速回頭，沒人！捏了把冷汗一股作氣將它全拖出，但因為力道過於兇猛，它匡啷落地，發出巨大的聲響。

　　還來不及反應，媽媽已從背後將我火速抱離現場，爺爺也已聞聲從房裡衝出，叫罵聲傳進街頭巷尾，媽媽只得走出房門幫我收拾殘局。

　　該死的不是爺爺又在發脾氣，該死的是，我還是沒看清楚抽屜裡的寶貝是什麼？

偶然

文：六色羽

東北季風挾著綿綿細雨，打在我臉上，也打在這座深入大海的岬角。

南下避冬的藍磯鶇忽地低空略過伊莉莎白女王蜂頭像，最後停在附近的岩地上。雍容美麗的女王，好似就要舉起她修長的手指，讓藍磯鶇在她指間跳躍流轉。

候鳥經北方長途旅行後，野柳是牠第一個落腳歇息的地方，等到春天來臨，牠會再次來到這裡，補給好最後的行囊，才振翅北返還鄉。

春去冬來，小小的藍磯鶇最遠從西伯利亞來到台灣、菲律賓和婆羅洲一帶，如此千里迢迢轉輾了幾個年頭，半片地球的山河早已盡收牠眼裏。而我，距和女王頭初次見面竟已過了數十載，她幽美的頸部線條乍然細了好多好多。

初次見面，是豔陽高照、海水湛藍的夏日，和小六同學的嬉鬧聲，跟著海水潮浪，此起彼落的在岸邊拍打，某個聲音忽地叫住了我！

「女王蜂と一緒に写真を撮ってもらえますか？」

我聽不懂他在說什麼？他指著我和女王蜂，然後舉了舉相機的肢體動作，我大概略懂他的意思，但並沒有依他指示合作，只是靦腆的愣在原地，他的相機還是按下......

咔嚓！

我回神時，女兒們在我身後的岩石上蹦蹦跳跳，好多日本遊客從我們身邊擦肩而過，老公說了一聲照好了，一隻鳥籟地穿越岩石飛向天際，我還來不及看牠是不是藍磯鶇，牠已無羈無絆向天際翱翔遠去。

擴散

文：六色羽

　　吃完早餐後，想不想去百貨公司走走？今天那裡有動漫展，還有特賣會，十一樓也在舉辦美食展，吃完晚餐，再去附近的藝術廣場看街頭藝術表演。

　　想想那樣自由自在的日子，也不過是一個半月前的事。如今病毒不但攻破了國門，還直搗社區，不定點的四處遍地開花，連吃完晚餐想到家附近的公園散步，都因病毒搞得人心惶惶而遙不可及。

　　無拘無束的生活，怎麼剎那間，變得好奢侈？

　　成天守在家中的小空間，會誤以為這樣封鎖的情況是幻覺，並沒有瘟疫蔓延的真實感，只有不得不外出覓食時，街頭很像承平時期凌晨還在外面遊蕩，那樣空前絕後的死寂，讓自忖為生物圈最頂端的人類，也不得不謙遜的向病毒低頭。

　　工作在家、孩子在家，責任和家務變得更加沈重繁雜。從眼睛睜開那一刻就一家人窩在一起，衝突在不斷的升溫，孩子無法在 3C 產品面前屈服，求知的欲望，根本無法和前往各種網站瀏覽的樂趣相比擬。

指揮中心又開始報今天的確診和死亡人數飆新高、降低、再陷入膠著的打轉，久防無功的焦慮攻城略地而來，一再的群聚破口，解封日一延再延似乎看不到盡頭。

日本也發布第 4 次緊急事態宣言，但東京奧運依然如火如荼的籌備中。奧委會主席堅持要在這場浩劫中，展現我們可克服病毒的決心，堅信我們可以回到以前正常的日子。

佛性防疫和嚴謹慎行兩股力量，不斷在和病毒拉扯，哪方的論點正確，唯有時間能給答案了吧。

背影

文：六色羽

六色羽

看著妳穿梭在客廳裡的背影，是的，這麼多年來，我只看妳的背影，妳臉的輪廓已模糊不清，連變成什麼樣我都不想要知道……

前些日子，聽說妳在附近買了一間公寓，我心一陣驚喜，從此，殷殷期盼著妳搬出去，十幾年來我們驚天動地的爭吵場景如光影在我眼前一掠而過。

房子裏再也沒有籠罩不散的低氣壓、再也不必為了妳的喜怒發生爭吵、再也不必考慮避開遇到妳的時間才能下樓？我們將有更多的空間可以運用而不再為了妳綁手綁腳。

壓力無形間被釋放，那是種自由解放無拘無束真正擁有家的感覺！

感謝老天終於讓妳思想成熟。就算是雛鳥，長大後也會被成鳥引誘離巢去成立自己的家，即使不想成家也該建立起自己的天地。蛻變會有痛與掙扎，但那是成熟長大必經的過程·挑戰成長是一趟旅程，旅行的每個階段都存在更上層樓的機會，那能使我們變得更有智慧。

憧憬著妳搬走的那天……

但事往往與願違，妳不但沒有搬出去，還把那棟公寓高價給賣了！

晴天霹靂！

期望越高，失望就越高，妳還是縮了回來不肯踏出建立自己的世界。

我不敢相信的立在妳緊閉的房門外。從此，妳變得更像穴居人，顯少再踏出房門，每次經過妳那幾乎已發霉長菇的灰色地帶，剛好與孩子對妳的稱謂相符。妳留給我們的，僅有對美好居家曇花一現的幻想。

準醫生

文：六色羽

　　阿承長得又高又帥，還是台大醫學院的學生，一身純白的名牌牛仔褲和襯衫，穿在他即結實又健美的身上，均稱的一點贅肉都沒有。

　　可惜的是，他那雙自視高風亮節的眼睛，總是抬高八度，從未向下掃視過我們這些同行了三天的隊友，不論去到哪個景點，也是孤星傲傑的我行我素，不屑與我們為伍，他是此行同學的弟弟。

　　第四天，我們一行人在菲律賓和婆羅洲島之間的馬布島浮潛，完全沐浴在一片雪白的沙灘裡。珊瑚礁中，色彩斑爛的璧魚緩慢的動了動，鮋魚背鰭鰭棘呈輻射狀大張，不計其數的焰紅鱆魚、藍環、變色烏賊和截尾槍，看得叫人目不暇己時，聽到身旁有騷動。

　　我抬頭，好多人都紛紛往岸邊游了回去，警覺有異，我亦跟著返回，才知道有人溺水，救生員來前，大家一陣手忙腳亂的急救。我看向准醫生阿承，他事不關己的冷眼旁觀一會，然後轉身走了！

　　晚上，大家走向餐廳，數不盡的海鮮 buff 讓人食指大動，搭配著輕慢的巴沙隆納音樂，和同學慆

懶的邊享受美食邊聊天，突然一滔天巨響從吧台傳來！

所有人看向沒抓住鍋蓋弄出聲音的同學，她原本打算夾菜卻縮著頭紅著臉，連忙把沈重的鍋蓋輕輕拉回蓋好，尷尬快速的走回座位。

「妳是沒來過這種高級餐廳嗎？真丟臉。」

阿承毫不給面子的斥責，隨即起身，優雅的換他去夾菜。

不久吧台再次傳來巨大的掀蓋聲，我們看向吧台，這次丟盡人臉的，就是阿承。

我扁扁嘴：「以後看他在哪間醫院看診，我絕對不會去那間醫院。」

游泳教練

文：六色羽

凌晨五點半，雖然是南台灣，過了一夜的幅射冷卻，游泳池的水好冷。睡意猶在，腳搭在水裏卻怎麼也沒有勇氣下水，游泳課老師兇狠的表情竟乍然浮現眼前。

「在游泳池泡了快一個小時，妳的頭竟然連濕都沒有濕！」

說完，他的大手直接把我的頭壓進水裡。

我頓時驚恐萬分的喝了好多水，更不敢相信他會那麼做！

過了十幾秒，他放開我，我本能的抬頭呼吸，正想對他破口大罵時，他見我順好了氣，毫不遲疑的再做了一次。

我每次都氣得想告他，但每次上課也都體驗到不同的進步而作罷。慢慢地，我終於能游出蹩腳的自由式滑過他面前，以為會得到他的誇讚，沒想到，他看著好不容易游回岸邊、擱淺在他腳邊的我，陰鷙的說：「游不好，我可是會當人的喔！」

我的心，頓時比水還要涼。

衝著那副瞧不起人的表情，我硬著頭皮進行每天早上五點半的晨泳，自我特訓了三個月。

期末考終於到了，我自信滿滿的回頭給了他一個『你等著看吧』的眼神後，跳進水裡。自覺於水中如鯽魚過江悠游順暢時，岸邊卻傳來一聲咒罵：「小姐，是得了口蹄疫嗎？那姿勢是誰教妳的？」

蛤！姿勢不對為什麼不早說？

正想浮起水面跟他理論時，他再次下了道口令：「用蝶式游回來。」

雖然滿肚子火，但為了成績只得照做，場外卻突然變得鴉雀無聲一片的死寂，心中暗喜：怎麼？我的蝶式讓你閉上嘴了嗎？

終於完美抵達岸邊，池畔居然已經連一個人都沒有，這時才聽到遠方傳來雷聲，我忍不住又咒罵起那個沒人性的教練。

聽雨

文：六色羽

　　雨從屋瓦上傾瀉而下，成了一道聲勢不小的瀑布，後庭的石子小徑都已淹成了小溪，但我和姊姊依然坐在屋簷下的高腳椅上，不疾不徐的邊吃荔枝邊賞雨。腳邊藍色的小鞋變成船，被雨水往前向屋外推進，我們興高采烈的跟著它，冒雨看它最遠會漂到哪裡？

　　噹噹噹，下課了，雨下個沒停，大家都穿上黃色雨衣排好路隊，跟著六年級的大姐姐回家去。路上隊伍潰不成軍，因為已忍不住的互踢起水花，長筒雨鞋裡早已積滿了水，更難前行，但大家樂此不疲的學企鵝走路，呱呱呱的左搖右擺噗噗前進。

　　放暑假，背著沈重的行囊站在月台上，呼嘯而過的火車，載走和卸下一對又一對的情侶，雨讓他們肩並著肩相擁走在同一把傘下。我看向雨霧濛濛的城市街道，卻怎麼也不能穿透這層迷惘找到我的他。

　　雨又驟然下了起來，這場急雨，非同小可的大，好像想將整個屋頂給壓垮！寶寶的小臉依舊貼在我懷裏安然入夢，完全不為驚天駭地的爆雨所撼動。老公走了進來，臉上永遠是令人捉摸不定的表情。

我猜測他今天的心情是什麼顏色？

今天是藍色的雨天，明天是晴天時又是什麼色？

剪下幾根白髮時，雨的味道好清芳！

疾步到陽台，天空一片黑壓壓的烏雲密佈，雷由遠而近響來，雨隨即而下。

我心裏欣喜喊道：「天終於要降下甘霖了！」

話音才剛落，烏雲退散雨停了。我錯愕的佇立在晴空萬里下！老公在客廳繼續漫不經心的滑手機。

大採購

文：六色羽

　　推車裝滿了食物和日用品，出了福利社門口，爸爸在那裡買了一條金黃色的雞蛋糕，剝了一小塊一小塊放入我們的嘴裏，蛋香帶著焦糖的甜膩立即融化口中，那古早的芳味，至今依然是千里難尋。

　　爸爸病逝後，只剩下媽媽帶著我們一起去採購，媽媽老是呢喃：「好在妳們都已經夠大了能幫忙提點東西......」

　　之後的話宛如是對父親的悼忌，再也聽不清了。

　　回頭，堆滿商品的貨架旁，小女兒吸著奶嘴坐在推車裡，有些厭世的眼神瞪著來來往往的過客；大女兒則掛在推車旁，忙著收割整排看得到的餅干與糖果，推著她們的老公則忙中有序的將亂入的商品放回原位。

　　走出購物中心，我和當年的母親一樣，會拿著明細和推車裡的商品比對，仔細的計算開支，是否超過了預算？

　　女兒一旁吵著要吃甜筒冰淇淋，麵包店傳來濃密的奶香，一條金黃色的雞蛋糕在明亮的櫥窗裡發光，那宛如兒時的召喚讓我忍不住誘惑將它買下。

　　塞了兩口綿密蛋糕在嘴裡，卻依然沒找著那古老的味道，我有些失望，但女兒滿足的嘟著塞滿蛋糕的小嘴，父親當年的笑容，彷彿依附在我臉上了。

　　孩子背在肩上的書包日益沈重，朋友也漸多，陪我們逛街大採購的興味也跟著少了。

　　轉頭睨著認真在選購的丈夫，推車裡堆滿了各種琳瑯滿目沈重的生活物資，但明細表裡已不包含孩子任性想購買的零食和玩具。

返鄉

文：六色羽

　　外婆萎靡彎曲的身子，拖著乾褐色的椰子葉，沙沙沙的走進了三合院的廚房，沒過多久濃烈的炊煙就遍佈三合院，在正廳祠堂前玩鬼抓人的孩子們已陸續聞到飯菜香。

　　佇立在綠油油稻田裡的稻草人依然一動也不動，但它肩上倦鳥們依偎在一起的小小身子，在隨著夕陽灑遍整個大地的光影，慢慢沒入地平線的黑暗中。

　　媽媽走出廚房喊吃飯，晚風同時吹來鄉野微涼的稻香。我和姊姊卻還在魚兒倏地遊過的溝渠遊蕩，即使肚子快餓扁了，還是眷戀著溝上緩慢流動的紙船，上面坐滿許多外婆新買給我們的大小公仔。

　　隨著回家的日子到來，外婆悵然若失的笑容，驀地變成媽媽送我和女兒回家的模樣，兩人的身影重疊，自冰箱、自房間搬出一堆堆買給我的菜和生活用品，忘了我生活的地方是大城市。

　　「媽，這些東西在我家一樣買得到啦，妳老了出門越來越不方便，留著自己慢慢用。」

媽媽嬌小的身子縮在藤椅上，顯得更加瘦弱，開始細數那些伴手禮對我們的好處，鄉下的特產，大城市怎麼可能買得到？我的行李瞬間從一箱變成二箱。

　　火車到站的響聲隆隆入耳，我又要離開家鄉，妳又要過上朝朝暮暮盼著我們回家的日子。女兒們的小手握在掌心因此縮緊了起來，不能放開她們只能沈重的回頭再看妳一眼，妳向我點點頭，轉身兩手空空黯然離開了火車站。

美麗的回憶

忘不了的朋友

文：六色羽

有沒有一個陌生的朋友，卻讓你念念不忘？

之所以陌生，是因為我還來不及和她深交和熟悉，緣分就已經走到了盡頭。

記得那是某個年輕狂奔放的暑假，我們一起到綠島浮潛。

我們租的船開到海中央，大家穿好裝備下水後，我立即被深不見底的大海給嚇得亂了手腳，再加上鹽分的濃度刺得我睜不開眼，前所未有的恐懼漫天漫地的湧上，我快要被幽深遼闊的大海吞噬，便開始猛喝水。

在大海中悠遊徜徉的妳第一時間察覺我不對勁，自海中央向我游了過來。

妳向我伸出手，我毫不猶豫抓住妳的手，那時，我們幾乎還沒說過幾句話，妳只是隔壁班的同學，連妳的全名都還模糊不清。

妳的手好柔軟也很陌生，但卻去掉了一大半我對海水的恐懼。跟隨著妳，妳不斷鼓勵我低頭去看海中壯麗的美景、停下來欣賞從我身旁游過的魚群，

大自然的巧奪天工，在妳的相伴之下更讓人感動涕零！

妳是個大剌剌又外向的農村女孩，而我孤僻喜歡寧靜，所以我們之後依然各上各的課沒什麼交集，偶爾走廊上碰到面，也只是點頭寒暄幾句，但妳的笑容總是讓我想起那日海灘上的陽光。

沒想到一年後的某日上課，老師突然晴天霹靂向大家宣佈，妳因為車禍在醫院走了！我腦袋登時一片白。

那日自海裏上岸，應該要向妳說的謝謝，卻遲遲沒有做過任何表達。人生竟是如此的無常，生命的短暫，叫人驚鴻一瞥！

美麗的回憶

解封前後

文：六色羽

　　坐在孩子們的房裡，書桌上的東西都整整齊齊的歸位了；床上的枕頭和棉被也都已拿到外面曬太陽，昨天孩子們還大剌剌睡成大字型的模樣，如今成了空蕩蕩的床。

　　屋子裏再也沒有憤怒的頂嘴聲、拖鞋穿得啪啪啪跑來跑去的急促聲、流行音樂吵震天的噪音......當這些聲音跟著他們背上書包關上門的那一刻，也要黯然消沈在屋內的每個角落，靜得連自己的心跳都能聽得到。

　　轉眼已經十點，還有他們仍在床上賴床的錯覺；打開冰箱思考他們午餐想要吃什麼？念頭轉動的瞬間，又恍然才想起他們已回學校不在家用餐。

　　新冠肺炎大爆發後，孩子宛如放了好長好長的假，三個月來天天綁定的日子，才發現，長大後大部份時間都在學校的孩子，原來是那麼的生疏？即使是我自己從小帶到大，也根本搞不清楚他們腦子裡究竟在想什麼？

　　天天上演一來一往如激烈探戈的磨擦，但也在那樣無數次的親子拉拔戰中，增加了更多溝通的時間，更了解他們的想法。

　　停課間，在工作、孩子與家務間不斷天人交戰的替自己爭取時間，卻在他們開學後的瞬間，驀地變成一段好長的空閒！

　　我的時間現在變成完全屬於我的，卻突然忘了我原來想做什麼的手足無措？

　　「親」字是「立木而見」，也就是在稍微有點距離的樹上守護子女。但在巢裏等待孩子們歸來的心，總是空空的有超乎虛無之感，解封後，如何重新找回「腳踏地」的自己，又要經過一段不短的適應期。

前進吧，戰鬥陀螺！

文：語雨

　　在我小時候，有一陣子流行起打陀螺，那是因為動畫「戰鬥陀螺」正在播映，大家去買來電視上動畫的陀螺玩具來對打。

　　實際上這部動畫劇情流程現在看來還挺爛的，不過小學生看得什麼都覺得有趣，如果主角有帥氣招式和道具那就更瘋了，而玩具廠商就是這樣看準時機播出廣告，小學生哪能抵擋誘惑，立刻會央求父母買來去學校獻寶。

　　可以上電視打廣告的玩具自然貴得很，動輒台幣五百到兩千上下都有，簡單說我家才沒有這種閒錢，於是每當下課看同學在玩時，我只好在旁邊吸著手指，直是垂涎欲滴。

　　老爸大概看我太可憐了，翻箱倒櫃找出一隻陀螺出來，跟動畫和廣告的戰鬥陀螺完全不一樣，學校戰鬥陀螺是鋸齒鏈拉的扁平塑膠玩具，而老爸拿出來的是用繩子綁住轉動的立體木頭陀螺。

　　老爸興沖沖教我玩法，我玩幾次就學會了，可是這跟學校的陀螺完全不一樣，質量都差太多了，真的能跟學校同學一起玩嗎？

　　隔天下課同學在對打時，我拿出木頭陀螺，果不其然被同學嘲笑很寒酸，我嗆聲說要一個打十個，同學也跟我叫陣，當我一甩出去時，大質量的木頭陀螺就像卡車一樣，啪啪啪地碾碎那些塑膠玩具，一時之間，中庭充滿了哭聲。

　　於是，放學後我就把那陀螺再度封箱了......

美麗的回憶

高中打工記

文：語雨

　　升上高中後就可以去打工了，親戚開設的工廠正招人，我應召去工作，一進去發現裡面全是大媽，一個年輕人都沒有。

　　那工廠是小工廠，工作是流線作業，我要做的事就是把燈泡裝進底座，再裝進機器打印，讓金屬釦子嵌入燈泡底部，就成為完整的燈泡了。

　　燈泡是一箱箱的算錢，換句話說，做越快錢拿得越多，那些大媽做習慣了，咻咻咻地超級快，光是上午五、六百箱就趕出來了，一天能賺兩千塊。

　　剛剛進去的我當然無法跟大媽相比，頭一天工作，出產大約五六十箱，算下來連二百五都賺不到，五十塊還是親戚看我太可憐加上來的。

　　下個禮拜日，我開始模仿那些大媽的動作，包括箱子和機器怎麼擺放比較方便好拿，一天下來好歹是進步了，大約賺了五百元。

　　不過那些大媽是怎麼一回事？手都可以看見殘影了，還輕鬆的與我聊天。

　　「呵呵呵！有沒有女朋友！」「呵呵呵，小哥哥長得真帥！」「是老闆娘的親戚啊，找好婆家沒有！」

婆家！？是要我入贅膩！

害我一個閃神，手指插入到機器裡面——

啊啊啊！指甲變成前衛藝術的形狀了！

結果直到打工結束後，我工作數量都沒有趕上大媽的一半，為此我還向老闆娘道歉。

抱歉，明明佔用一台機器，數量卻遠遠及不上其他人。

還有台灣大媽果然很可怕！

美麗的回憶

國一的戀愛軍師

文：語雨

語雨

從小學生變成國中生並沒有太多感慨，因為大多數都同一個學區，所以同學也是見慣的老面孔。

升上國中後，男生第二性徵開始發育，開始變聲和長出鬍子來，坐在我隔壁的同學小童，每天晚上不刮鬍子的話，第二天變得跟流浪漢一樣。

雖然看隔壁男生長鬍子很好玩，不過看隔壁女生也開始長身材，化些淡妝更好笑，過了暑假之時簡直是脫胎換骨，在國小時比誰還粗勇，拳打腳踢男生時比誰都凶的狠人，出落比班上所有女生還漂亮，看得我們下巴都掉下來了。

「小嘉，俺戀愛了。」

我喝的一口水全噴在小童臉上，在國小時他可是三番兩次與她對壘，打架打得最凶的人居然說愛上人家了。

這可太有趣了！

我一面用抹布幫他擦臉，一面想主意，說追女生當然是禮物攻勢，聽見我的話，小童去操場拿了一堆蟬殼送給人家，結果人家一掌連蟬殼一起拍在小童的臉上，在旁的我笑到跌倒在地上。

　　之後，寫情書、唱情歌和邀約會等，我也想了不少建議，每樣都被打槍，最後小童直接一決勝負了。

　　「俺洗番你！」

　　對方抬起腿來，對他跨下就是一腳，小童口吐白沫倒下了，站在旁邊的我也被一記重拳打得我多了一個黑眼圈。

　　「別以為我會上當！」

　　果然，粗勇的女生一輩子都很粗勇，招惹不得啊......

啼笑皆非的動畫廣告模仿

文：語雨

　　小孩子很喜歡模仿，我那時代沒網路沒手機，所以除了模仿周遭的大人外，大概就屬對電視模仿最多，其中又以模仿動畫為冠，廣告為次之，孩子普遍喜歡看動畫，而在多不勝數的節目間穿插最多的就是廣告了。

　　記得戰鬥陀螺在播放時，滿街小學生都央求父母買，而暴走兄弟上映時，文具店不賣文具改賣驅動車，甚至每週在店外舉辦比賽，遊戲王出現時，更是時時看見每個同學都在玩卡牌，青眼白龍的毀滅光束在他們口中吼出，在動畫設定中全世界只有四張的珍希卡牌像是爛大街一樣。

　　而模仿的對象是廣告時，通常是歌曲比較成為讓人模仿的對象，我曾經在校門口目擊一排小學生一面跳舞，一面唱綠油金的廣告曲，令人啼笑皆非。

　　在斯斯感冒膠囊，會在咳嗽發燒的同學面前唱著跳著感冒用斯斯的舞步，直到被不舒服的同學出拳趕人，現在一想，果然是太機車了一點。

　　不過最有趣的還是遊戲廣告，在我國中時，個人電腦開始便宜起來，就跟電視一樣，家家戶戶都有能力添購電腦，

　　遊戲廠商自然不放過機會，廣告打得如火如荼，印象最深刻的就是以天龍八部改編而成廣告，台詞實在太魔性了，於是國中每個班級下課都出現一句「段正淳納命來」，當被打出去時，偶爾會有校長、訓導主任扶起倒在地上的同學，說道：「你為什麼要代替你爹！」

躲避球校隊的學姐

文：語雨

在就讀國小時,學校有躲避球校隊,雖然無緣進入校隊,可是斑導卻是校隊的教練,當作免費勞工的我們,經常就近看著斑導在訓練校隊。

可以進入校隊的學生是數一數二的高手嗎?其實也不算是,我曾經親眼目睹過一位學生在外圍接到球,下一瞬間就將球拋給隔壁的同學,當下就被斑導怒吼,屁股被賞了一顆剛速球。

在二十年前,斑導就是一位行老式教育、思想陳舊的老師,不過在世紀末的老師大多數都屬於這種,拿著教鞭,怒吼學生,毫不留情的體罰。

而我們斑導更是整體代表那年代教師的男人,處罰學生毫不留情,跪地板、舉椅子、空氣半蹲樣樣來,幾乎無所顧忌。

訓練校隊時,也是奉行嚴厲之下才能出高手,校隊那些人不論男女都被怒吼、磨練,就近看時,就會心想幸好我不是校隊的人。

給了屁股被賞一記剛速球的學姐一塊貼布,聊了起來,問到為什麼加入校隊,回答是因為對國中推甄有幫助。

　　之後，每次都會在校隊訓練結束後聊，聊起愛吃的東西、最近偶像劇，已經課業上的難題，我很喜歡與學姐聊天的時間。

　　之後，學姐如願甄選上遠處的理想國中，最後一次聊天時，聊著聊著，我們滴下眼淚了，那時代沒有手機，沒有通信軟體，我們都知道這次是最後一次見面，對我來說，那是捨不得的淚水，也是祝福的淚滴。

那些在垃圾場聊天的日子

文：語雨

　　在大學畢業後，就等兵役通知的到來，在這段期間，透過母親的認識，我進到某間科技廠的資源回收場工作。

　　跟我工作的工人，三位都是可以當我父母親的年紀，我分別叫他們傑哥和風哥，那位大嬸我叫雅姊，如果叫他們阿伯或大嬸會發生很可怕的後果......

　　這份工作空閒時很多，通常各作各的，聽收音機、搖呼拉圈或睡覺，至於我則是帶了筆電，想在兵役之前多寫一下，也把寫好的稿件投給出版社，雖然寄了很多不同的故事，不過直到兵役結束後從沒傳過佳音。

　　某日，雅姊搖完呼拉圈後一屁股就坐在旁邊，一面看我電腦，一面問我在幹什麼？

　　「弟弟會寫小說喔，真是太厲害了。」

　　其實我覺得寫小說不怎麼厲害，不過大概周圍會創作的人太少，所以才讓創作者成為稀有物件，雅姊一嚷嚷，傑哥和風哥也一起靠過來看。

　　大概是很閒的關係，三人輪流看過我的稿件，對故事出言建議。

　　雅姊是大嬸的緣故，說男女主角一定要相戀，風哥說那就角色其中一位改成女的，傑哥說那麼就上演鹹溼的場面才行。

　　寫小說總是一個人寫，能直接聽到讀者意見是很難得，我也很開心的回覆，之後，只要在寫作時，他們就會聚集過來，等到寫一段落後，再提出意見，盡管意見十分搞笑，大家笑得很開心，直到兵單到來了，都是如此。

　　這對我來說，十分新鮮的體驗，也十分感謝他們。

美麗的回憶

我們來晨跑吧

文：語雨

某一陣子，我覺得寫小說需要體力，加上認為自己的體質實在太虛了，三番兩次感冒拖延小說的進度，於是我選擇早上去晨跑。

五點多的公園比我想像還要多人，在我來之前，已經有許多大媽和大叔在操場走動了，隔壁的網球場還有一群人在打太極拳。

第一次到現場時，還觀察一下，發現體育公園年紀只有比我大很多的歐吉桑和歐巴桑，連一個年紀跟我相仿的人都沒有。

竟然沒有穿著小短褲和運動衫，香汗淋漓並哈哈喘氣的辣妹晨跑者嗎？

原來電影都是騙人的！

雖然公園使用者年齡層偏大，不過並不影響我運動的心情，此後，每天五點起床，跑步到我家附近的體育公園，繞著操場跑圈，跑了三十分鐘，接著再去拉單槓、做仰臥起坐等，之後，洗完澡就是上班。

　　日子一久，我也認識幾個阿公阿嬤，這些人有從警界退休下來的分局局長，也有某某區大學家長會執行長，某某企業退休下來的社長和董事長。

　　看來晨跑是有錢有勢力還要有身份的老人家才能進行的活動，我一個小市民混在其中太狂妄了。

　　戴著耳機，聽著喜歡的音樂，繞著操場跑步，跑完之後的舒暢感，已經回家洗澡後的爽快感，我很享受這段時光。

歸途的樂趣

文：語雨

在小學到高中那段期間，我都是就讀居住地的學校，國中小都是走路上學，然而，會跟我一起在本地學區走路上學通常都是鄰居，也就是青梅竹馬，當然，大部分都是男生，國中小生才不會跟女生一起玩。

那時候在放學路上會玩很多遊戲，印象中演戲比較多一點，畢竟國小生比較有想像力。加上上歷史課，學到三國志時，歷史老師口沫橫飛，講述三國武將勇猛事蹟，無數兵法有如實地操演，就是熱血沸騰啊。

踏上歸途的我們在想像中就是一群猛將，路上行人汽車，不是巨獸就是敵方武將，斑馬線和路上白線就是八卦陣法，當某個同伴的家近了，那就是那人倒楣之時，揮舞小樹枝，立地就把他斬殺，等到對方鬱悶的歸宅後，在家前假惺惺說幾句悼念之詞，說此仇必報之類的話，想必多半還是當時電視上武俠劇的影響。

上國中後，我最著迷就是尋找各種路徑，畢竟那時小鎮就這麼一點大，每一條路從小就摸熟悉了，自然想找新路走。

　　那時沒有 google 地圖，只能腳踏實地，在放學後我總是在小鎮到處亂晃，專門挑一些小徑走，在建築物與建築路之間狹窄間隙，在空地圍牆某處的破洞，以及廢樓某處農田草叢，現在想想真有危險，地方都是在大人難以到達之處，如果那時受傷或遇難，可是沒人來救。

　　不過當發現新路徑時，成就感可不是一點半點，那是找到只屬於自己的寶物，我就是這樣的樂此不疲。

美麗的回憶

灌蟋蟀

文：語雨

　　手機遊戲當道的現在，不知大家是否聽過灌蟋蟀這種遊戲嗎？

　　小時候的我被大人帶到戶外踏青，當開始烤肉或者休息時，看見地上有個拇指大小的小土堆，旁邊還有個小洞，那就開心了，洞裡面肯定有隻土蟋蟀，趕緊跟大人借來大瓶的寶特瓶，興沖沖的朝洞口灌下去。

　　那種土蟋蟀跟一般蟋蟀長得不太一樣，蟋蟀一般是綠色或黑色的身軀，翅膀超過身長，土蟋蟀則是顏色成土黃色，翅膀則是退化了，長度只有身體一半，嘴巴兩側還有普通蟋蟀所沒有的大鉗子，體型最大可以超過手掌，比蝗蟲還要來得大隻，整體模樣卻比普通蟋蟀醜多了。

　　這種土蟋蟀白天都潛伏在地洞，只要看見地上有蟋蟀洞，那土蟋蟀十之八九就在裡面，當然就便宜我們這種想要灌蟋蟀玩的屁孩。

　　到底怎麼玩呢？

　　首先要準備一隻寶特瓶，最好是兩公升裝，接下來將洞口挖得跟瓶口一樣大小，之後一口氣朝洞

口灌下去，要注意的是土蟋蟀不只會挖一個洞，通常有兩到三個，當水往下灌時，其他洞口就會咕嚕咕嚕的冒水出來，非常有趣。

堵住其他洞口，穩住寶特瓶，持續灌水進去，土蟋蟀就會受不了鑽出來，運氣好時，正巧就會鑽到寶特瓶內，當場就捕獲一隻。運氣不好時，土蟋蟀躲在洞內死活不肯出來，就必須挖洞逼出來。

在野外踏青時，幾個男孩總是對此樂此不疲，當然，小女生總是躲得遠遠，見我們抓出土蟋蟀，嚇得花容失色，這又是另外一個故事了。

從前有個妹妹數學很爛

文：語雨

在升國中後父母開始讓我上數學和英文補習班，英文沒什麼好講的，總之爛得一塌糊塗，不知為何對數學就有天份了，國中開始學習方程式，當大多數學生還在為了數學竟然會有英文代數感到震驚時，我就有如夾蔬菜般看到題目信手就拿公式解開。

妹妹升上國中後，也對數學抱頭燒，方程式對父母來說有如外星語言，身為兄長的我理所當然負責教育這一塊，雖然她連九九乘法都背不好。

數學要學好，要理解式子展開變化之所有形式，但是這太費時間，是屬於學者的領域，面對考試戰爭不求甚解也沒關係，最快的辦法是背公式，因為出題的是老師，只會要求課堂上過的解法，所以看似無邊的式子解法其實是有限的，只要多做題目，熟練了之後，看一眼就知道用哪一種公式去解開。

為此我整理一張廣用公式給妹妹，只要背起來後，區區國中的數學難題就可以迎刃而解了。

歹誌唔是戀人想ㄟ加干單！

把以前參考書給妹妹做，想讓她做好做滿，盡量熟悉題目類型，結果老妹就爆炸了，連一題都做不了。

「為什麼這麼簡單都不會？隨便套用公式，不行再換而已。」

「那是老哥太變態了！」

當年妹妹就這麼跟數學苦戰不休，國中畢業後，妹妹考上視覺傳達系，還慶幸向我說，不用面對微積分這個大魔王，我不禁覺得氣餒，覺得自己做老師很失敗。

當然，我也想說，哥哥才不是變態。

鄰家的雞舍

文：語雨

　　小時候我家附近有一塊大空地，空地內有棟雞舍，每次放學回家經過時，總能夠看見公雞母雞咕咕咕地在空地走來走去。

　　天剛亮時，雄雞就會開始鳴叫，每次我都會被吵醒，老媽問我為什麼老是睡在盥洗室前面，我只好說被公雞吵得睡不著。

　　後來就讀國小時，認識住在同一條巷子的男生，才知道那是他阿公養的。

　　「你知不知道那些雞老是吵得我睡不好。」

　　「誰理你啊，北七！」

　　就這樣我跟他成為朋友，每天都在歸途中玩三國武將遊戲，偶爾會讓那些雞作為小囉嘍角色參與一下，追著那些公雞到處跑，有一天，那些公雞被我追到火大極了，竟然跳起來就是一啄，啄中我胸口，痛倒是不會痛，但我還是很驚訝，從此以後，追逐著公雞的日子變少了。

　　某日青梅竹馬告訴我，有兩隻公雞死了，我大感吃驚，明明昨天還活蹦亂跳，怎麼今天就死了，後來才知道，鄰居養有惡犬，明知道大狗會亂吠亂

咬，但是總是每過幾天就會忘了綁起來，那兩隻雞就這麼被咬死了，我跟青梅竹馬都很不甘心。

於是，我們做了很愚蠢的舉動，拿家裡的 BB 槍來射牠，射得惡犬該該叫，鄰居告狀後，就換我們被家裡大人打得該該叫了。

過了很多年，那空地已經被鋪上水泥地變成停車場，雞舍當然也被拆除了，經過那塊地時，我耳邊偶爾還是會響起那些雞叫聲。

那租書店的回憶

文：語雨

語雨

在我住的小鎮上，曾經有四家租書店，初次去租書時，是老爸帶著我過去，我家老爸也喜歡漫畫和小說，有時比我還要著迷，我也在當時初次知道，還有這麼一個世界，一把將身心都投入漫畫和小說。

國中畢業後，那家書店倒閉了，我失落了一陣子，後來才在小鎮剩下的三家租書店註冊，全家都用我的帳號租書。

我們全家除了老媽以外，對小說和漫畫都很入迷，知道有好看的小說和漫畫都會互相推薦，老妹喜歡看戀愛小說，我則是什麼都不挑，只要有進新書就看，拜此所賜，我看了一整套霸道總裁系列作品，老爸喜歡看運動漫畫，灌籃高手和柔道小霸王、棒球大聯盟系列租了一次又一次，偶爾我也會跟租書店店員討論劇情，也會跟熟客辯論漫畫角色行為合不合理，與家人的連結和社交幾乎都圍繞著租書店走。

好景不常，就在我就讀大學到外地讀書，暑假回家時發現三家租書店有一家倒閉了，那時平板正在流行，智慧型手機變成主流，當我兵役結束後，小鎮上只剩下一家租書店苦苦支撐，當我回家鄉工

作的兩年後，最後一家租書店老闆通知我，月底就
要結束營業了......

　　我知道這是時代潮流，可是還是非常失落，因
為從小到大·租書店一直在我的生活扮演重要角色。

　　那些跟書店店員聊天，與熟客辯論，只有在租
書店才能見到的光景，今後大概會靜靜沉睡在我心
中吧。

我是不是有點強呢？

文：語雨

在上國中時，有部漫畫大為風行，還被翻拍成動畫和真人版電視劇，這部漫畫叫做棋魂。

棋魂是圍棋為主題的漫畫，聽起來很老派，實際上劇情相當熱血，有宿命中的對決，失敗後的悔恨，以及求進步的決心，書內每個人物刻劃性格更是傑出，不論是大人或學生都被吸引，改編成動畫時，我跟同學每天都在討論劇情，我家老爸看了還買回來一整套書來啃，直到今天，全套二十三集的棋魂還擺在我家書櫃上。

由於漫畫的主題是圍棋，圍棋也在班上風行起來，在下課時，班上就擺出三個棋盤，以十到十五分鐘的時間對戰，輸家就起身換別人下，上課鐘聲一響，封局等到下一節下課再下，大家十分熱衷。

不過同學們都只是了解基礎規則，所以全亂下，其他同學就在旁邊圍觀，什麼觀棋不語都是浮雲，七嘴八舌的給意見，意見也不怎麼高明，偶爾還會吵起來。

我比同班同學有優勢，原因在我家也有一副棋盤，下課後，沒有補習的日子我就一個人排棋子，

排到棋盤滿出來為止，棋藝本來就是下越多的人越有心得，排棋子過了半年，忽然之間，我就可以用直覺說出：「在六步內，我就可以吃掉這塊地。」事實上也從來沒有失準過，班上同學沒人可以贏過我了。

嘿嘿，我是不是有點強？

結果去了網路下了幾盤，才知道是錯覺。

這世界真是廣大......

當年手工的透寫台

文：語雨

　　除了寫小說以外，我也很喜歡動手做東做西，讀電機科的我偶爾會自己買電路板和 IC 零件，做些可動式玩具來玩玩，不過還是木工最受我喜愛。

　　從高中就時常買木料在白天或假日施工，做一些書櫃和架子，不過常常因為鐵鎚和鋸木頭的聲音被家人嫌太吵，即使如此，還是擋不住對木工的熱愛。

　　因為常常去五金行和木材行，所以老闆也認識，當我進店舖時，總會親切的問：「小弟，你又來了，這次又想做什麼？」偶爾遇見熟客就交換一下心得，例如邊角用砂紙磨一下，再用去光水擦拭會變成閃閃發亮之類的。

　　「哥哥幫我做透寫台。」

　　「那是什麼東東？」

　　從遠地的二專畢業後，終於考中本地科技大學，一回來看見從妹妹厚著臉皮過來要求，調查網路才知道，透寫台是繪圖專用的燈箱，就讀視覺傳達系的妹妹有很多機會使用，當然，市面上的透寫台都很貴。

透寫台當然不只有木板，包括玻璃和底下的照明燈，作工又比櫃子難度高上許多，我思考了一下，底下照明燈就用日光燈代替，玻璃就用壓克力板代替，反正都是透明的，做個可以滑動的隔間，讓日光燈方便替換。

「哇，哥哥謝謝。」

雖然上面敘述簡單，還是整整花了我一個星期，當成品送到妹妹面前時，她馬上搬去房間，插上電源線，啪機一聲，插頭冒出火花，整棟屋子都停電了。

說起來，我好像把電燈開關的線路接反了……

在課堂上自由活動的日子

文：語雨

在讀高職時，進入電機科，電機系是苦哈哈的科系，不像是其他科系一樣有女學生，全班一票臭男生，雖然電機系的學科很多，學得廣博，但不像機械、建築一樣精專，好處是電機科畢業不怕找不到工作。

離題了，在苦悶的學生生涯，我們只有在資訊或體育這種老師只是上完十五分鐘接下來都是自由活動的時間找點樂子，資訊課有電腦和網路可以用，我們用區域網路打絕對武力，槍聲不斷在課堂響起，偶爾老師也會加入對戰，我永遠都記得老師狙擊槍一把罩，大概是累積太多壓力，都躲在暗處將學生一個個爆腦袋，搞得我們都互相提醒，絕對不能惹老師生氣。

體育課的自由活動就是打球，除了籃球和足球這種現充運動外，我們這種宅宅只有桌球可以選擇，桌球只有三張，班上宅宅又特多，每每都是廝殺過後才能玩上五分鐘，輸得就下場休息，插隊就阿魯巴伺候。

我算是普通高手（班級限定），好歹可以撐十五分鐘，打敗三、四人就得下場，班級中還有超級

高手，不論什麼樣的旋球都能夠接回去，絕對不放過殺球的機會，只要一上球桌，殺得宅宅哀號遍野，兩節體育課打好打滿，為了這一兩個人，我們只有改變規則，變成不管是輸是贏，打滿兩場就必須離開。

不可否認，所有的運動本人最喜歡就是桌球了，我永遠都記得在體育以當天的午餐為賭注，與同學在球桌廝殺的日子，就連畢業的十幾年後，也會與朋友相約在打完保齡球後，帶著球拍去體育館一起在球桌上廝殺。

什麼時候開始回憶？

文：破風

　　對！你什麼時候開始回憶？正常的情況下，只要是值得回憶的事，隨時都會回憶！無論你的年紀是多少？

　　有人說，年紀越大，記憶力衰退，很多事情都會忘記，但偏偏年紀越大，就越愛回憶！以前的事情記得非常清楚，根本就像昨天發生一樣。

　　回憶的事情，不一定是美好的事物，可能美好的往事，會回憶多一些，同樣傷心的過去，同樣都會回憶起來。

　　或許愛情故事最多回憶，何時跟他／她在一起？跟他／她一起約會的過程，地點在那裡？做過些什麼？一起吃過什麼？說過些什麼？甜蜜的往事，堪足回味。

　　或許想起他／她的缺點，他／她發脾氣的時候是怎樣？如何欺騙過我？做了什麼讓我生氣的事？讓我咬牙切齒的過去，似乎也會歷歷在目，有時候悲傷比快樂的回憶，更加揮之不去。

　　童年回憶應該也佔非常大的分量，小時候嬉戲的情況、在學校上課情景、與同學的互動過程、在

家裡與父母的相處經過、最愛的零食、考試前的擔憂、童年往事，大部分都會令人回味無窮！

　　年紀大了，除了都會回憶童年、青年時，或初戀時的往事外，對於近年的回憶，可能只有剩下旅行的時光，這可能是唯一在成年後會感到快樂的一刻吧！到那個國家？到那個城市？在那裡吃過什麼？買過什麼？看過什麼？這都是快樂的回憶！

美麗的回憶

疫情下更加想念去旅行了

文：破風

　　武漢肺炎在去年初開始影響全球之後，全球封關，出國旅遊成為歷史名詞。最令人沮喪的是，通關遙遙無期，就像是無期徒刑一樣，不知道何時才能再次出國。

　　很多人都喜歡出國旅行，筆者也不例外，過去在短假期會到東亞、南亞等地，長假期可以到歐洲、美國。但台灣同樣疫情燃燒，就連國內旅行都無法進行，旅行變成一個回憶的動詞。

　　回想起每次的旅程，出發前的規劃，定好目的地，再搜尋要去的景點、餐廳等，然後訂好日期，買機票。各種的計劃中，最忙的應該訂飯店。首先要看看住那個地區，再看看要什麼級數的，然後再尋找合適的飯店。再來就是訂什麼房型，建築物的景觀有什麼，房價是否含早餐，或其他設施。往來機場的交通是否方便？綜合所有條件，才能出手訂一個房間，實在非常繁忙。

　　一切準備就緒，就是期待出發日的來臨。雖然人到中年，旅行的次數已經數不清，但每一個旅程出發前，都依然十分開心，並且非常期待，還不斷

的開始倒數。現在無法出國，沒有任何倒數，倒數只存在腦海中。

　　出發之日，心情更是興奮，滿懷高興的出發到機場，辦好手續，在候機室等候登機。登機後，休息一會，吃點東西，再翻看旅遊書，準備抵步後的行程。現在回憶起來，開心之情並沒有減退，每一個旅程，都有不同的回憶，充滿美麗的回憶。

夢裡的回憶

文：破風

　　科學家說，每一個人在睡覺時都會做夢，而且，一晚可能做很多的夢，而做夢是由小腦控制，因此，不太容易記得夢的內容。問過身邊的朋友，大部分友人都表示，對夢境沒有什麼印象，甚至乎有朋友表示，根本就很少做夢。科學家是這樣說，我不知道專家說的是真實的？還是不正確？但自身的經歷卻是，每晚至少都會做一個夢，而且大部分夢境在醒來之後，都歷歷在目。

　　說也奇怪，為何每天至少記得一個夢，而且大部份情節都會記得很清楚，不知道這是否跟身體構造有關，不管如何，這已經是數十年來的經歷。開始對夢境有記憶大概是在高中的年代，數十年下來，當然不能再記起每一個夢的內容。不過，還是有少部分深印腦海裡，過了很多年還記得很清楚。

　　回憶過去的夢境，有時候都很有趣，與回憶其他事物不一樣，夢境是不真實的，但做夢時卻都以為真實存在，當醒來之後，再細味夢境的過程，卻是一種令人覺得很奇特的感覺。

　　夢境中包羅萬有，有愛情的、有旅行的、有科幻的，甚至乎有恐怖的。但當中會有兩種題材令人

迷惑，一種是預言，另一種是夢見故人。這兩種夢似乎無法解釋原因。

預言就是能夠預知未來，即所謂夢境成真，雖然頻率不高，但偶然都會發生夢境中成為事實的經歷。至於故人，一些早已遺忘，沒有見面多年的朋友會突然在夢境出現，甚至一些已逝去的親人，都能看得見，是什麼原因？實在不得而知了！

美麗的回憶

童年回憶的片段

文：破風

美麗的回憶

　　人老了，想起不少回憶，或許因為年紀大了，社會壓力大，不期然回想著過去，特別是童年時的無憂無慮的日子。

　　小時候每天被父母叫起來，吃早餐，早餐大部分都是白吐司，加點花生醬或奶油，吃飽就上學去。上學時，坐著娃娃車，數分鐘就到學校了。

　　小學時，課程其實不算嚴格，小息時，就是與同學們一起追追逐逐，或打乒乓球、羽毛球，有時候，再到福利社買零食或飲料，花點零用錢，好像開開心心的過一天。

　　或許年代久遠，不開心的事早已拋諸腦後，又或許小時候的所謂不同心，比起後來長大了的鬱悶，完全沒法比較，小學時的所謂不開心，不外乎是與同學吵架、又或是給老師責罵，其實真的不算什麼？

　　與同學的課餘活動，那時候玩意還真的很多，玩玩小昆蟲、小烏龜、捉蜻蜓、推推小車、踢足球。電子遊戲那時還是要投幣才能玩的一種，也沒有那麼多零用錢去玩，大部分時間只能看著別人玩。

　　與同學們聊聊電視節目，那年代基本上最大的娛樂就是看電視，連電影院都很少去，沒有父母帶著去，又怎能去呢？印象中自己去看電影都已經是國中的年代了。所以，電視節目是最常談到的，因為年紀少，基本上就是學著電視節目的人物，特別是武俠故事，各種招式、各種英雄人物，然後互相打來打去，那時的童年生活就是如此簡單的。

美麗的回憶

童年的精神食糧

文：破風

　　談過童年回憶，想到人生中最愛的是看書。小時候其實也很愛看書，當然，那個時候，只愛看漫畫。那時候，好像很少人用漫畫這名詞，卻都是叫連環圖。

　　因為愛看《兒童樂園》，書中就有很多的漫畫，而其中最長壽的就是《小叮噹》（後改名《多啦Ａ夢》）。第一次看到這隻機器貓時，只覺得牠很怪，常常張大著口，不知道在幹什麼的。剛開始時，並沒有什麼興趣看下去。直到有一天，看到故事中，有很多糖果，然後主角很希望夢境成真，最後真的成真了，不過，變成被鬼追，這時開始，就覺得《小叮噹》這部漫畫很有趣，每一期的《兒童樂園》必定先追看的。

　　同時段的漫裡，還有到理髮店必定看到的《老夫子》及《龍虎門》，前者是有趣的六格漫畫為主，都是一些笑話及人生百態。後者是黑社會打鬥，兩者都同樣喜歡，而且都是香港的漫畫，是比較有親切感。

　　至於日本漫畫，卻因為《小叮噹》的關係，漸漸多注意，隨著年齡增長，看的漫畫越來越多，那

時候還有感興趣的是《怪醫秦博士》（後改名：《怪醫黑傑克》，一位無照醫生，醫術卻十分高明，那時候深深愛上這漫畫。

漫畫中有印象的，還有妹妹喜歡的《小甜甜》，我都會偶爾翻翻，那時都會幻想自己是一位王子的。

畢竟漫畫是要錢購買的，還是看電視比較實際，那時候可以回憶電視劇集，當然以動畫為主，下一篇再與來談談那年代的動畫。

美麗的回憶

不可錯過的《悠長假期》

文：破風

　　如果要問我，有哪一套日劇神作不應錯過，1996 年的《悠長假期》肯定是頭三位之一。這套集結了名劇作家北川悅吏子、當紅偶像木村拓哉、山口智子的日劇，還有竹野內豐、稻森泉、松隆子以及當年新人廣末涼子等好手，無論是主角對戲或者配角群戲都令人回味。

　　為何這套劇感動人心？多年之後回看，是因為它對於角色有一份體貼入微的溫柔，間接鼓勵觀眾面對人生順逆。一套劇好看，劇本絕對是靈魂。《悠長假期》的主線，是失婚過氣模特兒小南（山口智子飾）遇上失意音樂學院畢業生瀨名（木村拓哉飾）的同居生活，配以小南弟弟真二（竹野內豐飾）和瀨名學妹奧澤涼子（松隆子飾）之間的感情糾紛，完全是九十年代末日本經濟繁盛背景下，一班趕不上尾班車的青年人哀歌。

　　《悠長假期》沒有迴避失意，瀨名想成為職業鋼琴家的夢想似有還無，加上追求師妹奧澤涼子失敗，種種打擊之下一度想放棄轉當售貨員，只求生活糊口不再幻想做夢。小南的處境更糟糕，三十過外的過氣模特兒找不到好工作，悔婚之後又沒有好

對象，只能夠勉強接受攝影師的追求。透過兩位主角的故事，加上配角們的群戲及各自各的心結，北川悅吏子捕捉到該代年青人的心態和想法。

如果只是談愛情、友情和失意人，《悠長假期》稱不上經典。這套劇最可貴之處，是點出人類有選擇的自由。當瀨名想放棄職業鋼琴家的夢想之時，是既似朋友又似情人的小南選擇親自行動，私下學琴來鼓勵這位不中用的「弟弟」，終於點醒這位年青人。當瀨名終於在鋼琴比賽中獲獎可以去波士頓發展時，是他選擇跑去追回想逃掉的小南，來了一個童話般的美滿結局。即使身處人生低谷，只要能夠珍惜與身邊人的相遇，把握好每個選擇，人生仍是處處有轉機。

「當你做什麼都不成的時候，不如當成是老天爺給你的一個假期」、「明明很開心，卻又故意發脾氣，其實很難過，卻裝作若無其事」、「保持純真，就會有幸福的，笑一笑，不要忘記笑容」，甚至是天台廣告牌的「Don't Worry，Be Happy」勵志標語，每一個細節或者每一句對白，都是鼓勵不如意的人，學習如何在逆境中調整節奏重新上路。

　　某程度上，相信當年 34 歲的編劇北川悅吏子把自己的中年女性想法投射在山口智子身上，所以她的對白總是份外貼心。當年 32 歲的山口智子面對當年 24 歲的木村拓哉，正正是姊弟戀的年紀。戲劇中女方因為年齡差距想愛而不敢愛，男方對於大姐姐的感情未能掌握分寸，直到男主角在鋼琴比賽獲獎獲得社會肯定，事業終於有起色之時，這份感情就有了堅實的基礎發展下去。

　　在此大膽假設，當年的木村對於山口智子隨時戲假情真，這樣好的劇本和對白，這樣適合談情的好對手，沒有一點點動心的話，這套戲劇也難以令觀眾投入到百看不厭吧？

足球令人瘋狂

文：破風

美麗的回憶

回憶過童年的日子，在青少年時期，相對地反而變得簡單，雖然仍然有很多不同的興趣，但當中最喜歡的卻只有足球。

初中（台灣稱國中）時期，放學第一時間便跑到球場上踢球，每次至少也會踢一小時才回家。週六週日的上午，同樣會到家裡附近的球場踢球，那種狂熱程度，真的是風雨不改。印象最深刻的一次，當時是下著傾盆大雨，幾乎沒有人在踢球了，我與另外三位同學熱情不減，竟然二打二的繼續踢，還踢整個七人球場，回想起來真的夠瘋狂。

香港學校規定上學必須要穿著黑色皮鞋，但學生時代有時會懶惰一下，當天沒有計劃要踢球，所以，並沒有帶運動鞋回學校（其實那時代只是一雙白布鞋），但有時候，同學們說放學一起去踢球，於是皮鞋也上陣了。因此，有時候皮鞋用不到一個月就壞了，常常因此而被父親藤條侍候。

遇上世界盃的暑假，踢球就更頻密了，雖然半夜看球，但年輕人嘛，體力用不完，第二天一早就起來踢球，還模仿著球星們的精彩進球，與同學們玩到流連忘返。

　　那時候踢球沒有特別的裝備，就連球鞋也只是布鞋，衣服就是平常穿的Ｔ恤短褲，就這樣就可以踢個三四小時。踢到累了才不捨地回家，當途經士多（類似便利店）再喝上一瓶冰凍的可樂，實在是賞心樂事。

大學同學

文：破風

　　大學的生活，可以很精彩，也可以很無聊，多數人會選擇前者，認識很多新的朋友，隨著交友圈的擴大，自己的視野也漸漸加大，不過朋友歸朋友，知己卻很少，但我很幸運地，認識了一個不同科系的同學，他就住在學校宿舍房間的對面，四年的時間，我們共渡了許多的歡笑，也成了知己。

　　因為都必須賺錢打工，所以我們是同校的同學，也算是同事，因此有了一定的默契，有時一個眼神，一個手勢或表情，就會知道彼此的想法，例如想去KTV唱歌，只要將手握拳湊近嘴巴，對方就會明白，比個方形就是念書等等，有時還會貼心地問要不要幫忙買便當，兩人的感情越來越深厚。

　　有了呼叫器的年代，朋友失去連絡的機率就降低了，畢業後我們各奔前程，但每年總會找一至二次的時間見面，數十年沒有中斷，兩人也從青澀的學生，變成中年男人，身邊的人也越來越多，有女朋友變成的妻子，還有愛的結晶，看著彼此的小孩，從呱呱墜地到身高已接近自己，二十多年的光陰與友誼，不禁讓人感慨歲月不饒人，兩個人的聚會，也升級成為兩個家庭的聚會，不知道將來小孩結婚

生子之後，兩個家庭的後代是否能夠延續這份得來不易的情誼？打開臉書，多次聚會的照片都在上面，也有很多往事可以回味，我們從前發生的趣事，談個幾天可能都談不完，我想，再過二十年，兩人的情誼還是會很好的。

高中同學

文：破風

　　換了一所學校，因為搬家了，而上了高中後，又得重新記住同學的姓名，但因為課業繁重，有些同學一個月才講一次話，有的甚至三個月，不過也有人天天交談的，久而久之就變成死黨，我們會分享音樂、遊戲、功課、筆記，一起跑步、打球，從外人的眼光來看，有點像是同性的情侶，但真的只是好朋友。

　　就像所有的死黨一樣，無所不談，相互關心，偶爾開個小玩笑，或是整整對方，幫忙傳紙條給喜歡的女生等等，這樣的同學很特別，人生中也只遇到這麼一個，多少的歡樂時光都跟他共同渡過，在相機還是底片的年代，我們只留下一張合照，儘管如此，那張照片還是放在我的相簿裡，那是我跟他友誼長存的唯一證據。

　　剛失戀才幾天的我，心情極為低落，那是一個星期六的早上，一通電話，熟悉的聲音，但為什麼撥電話給我？雖然是同班同學，但我們很少談話，我有一種不好的預感，是我的死黨出車禍了，目前在醫院，但這個同學也不知道狀況，當我趕到醫院時，一片愁雲慘霧，我看到他的姊姊淚流滿面，就

知道事情嚴重了，班長從椅子上起身，走到我身邊，冷冷的一句已經腦死，救回來也沒用了，我強忍著淚水，看了他最後一眼，班長拍拍我的肩膀，他知道說什麼也沒用，只說了保重，出殯後，我再也沒有去他的墓前，因為他早已活在我的心裡，偶爾會想起那些歡樂時光。

高中學姊

文：破風

美麗的回憶

　　迎新會上，我認識了學姊，她當時是高二，大我一屆，但她已經亭亭玉立，成熟的外表與談吐，跟還是稚嫩的我有著很大的對比，當時只有一個想法，如果她是我的女朋友該有多好，不過這個願望當天下午就破滅了，她的男朋友是高三的學長，又高又帥，家裡也很富有，司機開著賓士載著他，在校門口接走了學姊。

　　一年過去了，總共只在放學或上學遇到學姊十多次，見面也只是打個招呼，寒暄幾句便說再見，但沒想到的是高二的開學那天,她約我在公園見面，從她的表情可以知道心事重重，一句《我失戀了》，之後便投向我的懷裡，開始放聲大哭，我不知該如何安慰她，只是緊緊抱著她，讓她盡情發洩，沒想到一向微笑掛在嘴角的她，竟如此脆弱，整整哭了超過二十分鐘，那一天，也是我們兩人關係的轉捩點。

　　我們的約會很簡單，沒有牽手，只是肩並肩散步，坐在椅子上聊聊天，只看了一次電影，因為我很清楚，我只是她暫時的避風港，等她不傷心了，等她畢業了，就會把我忘得一乾二淨，這一年很快

就過去了，她很快就要畢業了，到時分隔兩地，她就不會再找我了，果然，她畢業後只跟我見過一面，再見面時，是在熱鬧的街頭，一身華麗的洋裝，還有濃濃的妝，如果不是她喊我的名字，我還真的認不出她來，她看起來更成熟大方了。

國中同學

文：破風

　　小學畢業之後，幾乎所有的同學都不在同班，甚至不同校了，花了一個多月，才記起同班同學們的姓名跟長相，年僅十三歲的我們，在幾個月前才跟一起念書六年的同學分開，未來三年，我們要面臨的是龐大的功課壓力、青春期到來的身體劇烈變化、父母的期待、同學的競爭及友誼，我的同學裡，有一個好朋友，也是好對手。

　　他的綽號是四眼田雞，戴著黑色粗框眼鏡，文質彬彬的外表，下課時間除了上廁所，他總是埋頭苦幹，要嘛複習剛剛的課，不然就是預習等等要上的課，或是寫功課，他總是那麼認真地念書，或許是受到他的影響，不少同學也跟他一樣，當然也包括我，所以班上的平均成績很不錯，就算排名在後半段的，幾乎也都可以考上不錯的高中。

　　那是一次考試前，他邀我去他家複習，他的家不大，父母都在工作，我們兩個把考試範圍念了三遍，最後兩人都考得很好，雖然沒有滿分，但也接近了，之後的考試前，我們都會到對方家裡念書，有時在他家，有時在我家，有了他的激勵，我感覺自己可以讀得更好，但是再好的友誼，也敵不過畢

業，因為畢業後又不同班了，而且也不同校，甚至
出了社會後就不會再見面，就這樣，我們永遠失去
了聯絡，透過地址跟電話也都找不到了，臉書搜尋
他的名字卻因為同名同姓太多，而無法找到，就這
樣錯過了一位好友。

折疊式手機年代

文：破風

　　揮別了又大又重的黑金剛手機(香港稱大哥大)之後，迎來的是體積較輕薄的款式，雖然也是蠻厚的，但已經減少一半的重量，對消費者而言，這是大部分的人都可以接受的，於是手機漸漸流行，最終淘汰了呼叫器，不過還是有非常多人抱怨手機太大太重，諾基亞推出的是輕薄短小的機種，有的按鍵裸露在外，有的用滑蓋來保護按鍵，不過另一個大廠則是推出折疊式手機，既可保護螢幕跟按鍵，也不會誤觸重撥鍵，因此大受歡迎。

　　自此,手機的體積跟重量創下史上最小與最輕，約目前手機的三分之二，而且在不撥打的狀況下，部分機種的待機時間超過二十天，甚至長達一個月的，因此出國一周的人可能回國後都還不必充電，續航力真的非常驚人，跟觸控式螢幕的手機相比，只把手機當電話的人一定恨死了現在的手機，因為要一直充電，而且帳單超貴。

　　記得以前遇到訊號不佳時，將折疊式手機的天線拉到最長，訊號可以增加一至二格，而諾基亞的手機沒有天線，收訊略差，常常被抱怨，不過兩家大廠太執著於按鍵，不把尚未成熟的觸控螢幕放在

眼裡，錯失轉型的最佳時機，拱手把江山送給三星跟蘋果，連 HTC 都分到一杯羹，也讓大陸品牌有急起直追的機會，短短幾年的光陰，諾基亞跟摩托羅拉就沒落了，兩大霸主從此乏人問津。

呼叫器年代

文：破風

　　對於年輕一代，呼叫器這三個字應該很陌生，因為他們只知道手機，對於通信產品的進化過程，是完全不清楚的，八十年代中，呼叫器剛剛在香港、台灣邁開他的腳步，幾年後都非常流行，不過僅僅輝煌了十多個年頭，便被後來的行動電話逐漸取代，為何是逐漸取代呢？因為初期的行動電話又大又重又貴，一般人是負擔不起的，不過現在的香港還是有大約一萬人是使用呼叫器（傳呼機）的。

　　在那個年代之前，還有一個特殊的行業，即傳呼公司，因為當時的呼叫器只會響，但不知內容，必須打電話進傳呼公司，報出號碼跟密碼，才能透過接電話的女孩知道傳話內容，早年香港電影很多這樣的畫面，而台灣則是以【翻滾吧！阿信】使用最多次，阿信甚至還想要跟電信公司的女孩約會，算是該電影的一個亮點。

　　為了省錢，有些人會共用一個號碼，並在電話號碼後面加個數字做為區分，雖然方便，但遇到其中一方有連環奪命 Call 的朋友或親人，而且是在睡覺時間的話，那可是煩死人，只能切換到震動模式

或是乾脆關機，而最慘的是在開會時忘記開震動而狂響一陣，結果當然是被白眼對待或是一頓罵。

辦了行動電話之後，呼叫器會響的機率越來越低，於是在約期到了之後便停用了，躺在書桌的抽屜裡也有二十多年了，科技的進步真的非常驚人，當年最先進的通信設備之一，如今只是一團黑色的廢塑膠，再無用武之地。

最初的數位相機

文：破風

　　2004 年對於傳統的相機業是重要的一年，六百萬至八百萬畫素的傻瓜型數位相機，即現在的餅乾機，開始量產並價格親民化，連一些食古不化的老攝影人都棄械投降，轉而擁抱不必換底片的數位相機，導致許多只做沖印生意的照相館混不下去，有些轉型賣相機跟記憶卡的，最終其實也都得到不差的獲利，只不過科技進步太快，才高興了十年，所謂的餅乾機市場幾乎被手機完全取代，以索尼為例，最低價的那台餅乾機，已經上市七年。

　　朋友在 2004 年也購入一台六百萬畫素的餅乾機，相館的人勸他別買，因為容易壞，而且成相效果不好，要他買單眼，結果這位朋友現在還在使用這部相機，相片用目前普遍在用的 4K 螢幕觀賞也非常漂亮，因此他都會要朋友別去那一家相館，因為那個老闆不專業也不老實，只想賣單眼賺大錢。

　　確實，他拿出了三十多本相簿，都是用這台餅乾機拍的照片，總數超過五千張，如果每張花三秒去看，大約需要四至五小時才能看完一遍，大部分的照片都不錯，當然啦！是以朋友自己的眼光來看，或許他不專業，但他有熱情，或許他不求完美，但

這些照片已經符合他的要求，所以這台最初的數位相機已經陪伴他度過十七個年頭，如果沒意外，應該還可以再陪他度過好幾年，直到電池壞掉並買不到電池了吧！

美麗的回憶

錄音帶與唱片年代

文：破風

　　黑膠唱片的存在已經有百餘年，錄音帶則在六十多年前開始發行，這兩種產品，曾經統治著全世界的流行音樂、古典音樂，直到三十多年，CD 的出現，讓這兩個產品迅速成為古董，而隨著時代進步，MP3 又取代了 CD，然後是 YouTube 取代了 MP3，但這些都是對於一般的普羅大眾而言，真正追求音質的玩家，還是會選擇黑膠唱片或是 CD。

　　在我還是個四歲的小毛頭時，就已經會操作唱機，也就是讓唱片旋轉，放上唱針而發出音樂的機器，配上真空管的擴大機，那聲音著實讓人著迷，雖然聽不懂貓王在唱些什麼？在念些什麼？但已經讓我深深入迷，加上早期的音樂都是用真槍實彈的樂器錄製，彈奏時的任何聲音都能聽到，按弦、敲琴鍵、歌星換氣，可謂臨場感十足，尤其是聽古典樂時更是如此。

　　但唱片對於一般人來說太過昂貴，也無法攜帶，於是錄音帶的出現，造就了流行音樂的巔峰，那是一段難以複製或取代的黃金年代，當時因為龐大的商業利益，造成各大唱片公司都使出渾身解數來打造唱片，加上排行榜效應，讓唱片公司更加賣力，

因此在這兩種產品全盛時期的音樂，成了難以超越
的經典，即便是現在的 YouTube 上面有點閱率破
億的歌曲，骨子裡的靈魂也多半來自這黃金年代的
某一些歌曲，就算是現在的天王天后，也經常翻唱
這年代的歌曲，這難以抹滅的黃金年代。

田野

文：倪小恩

　　住家附近有一棟十幾層樓的大樓，約莫是在二十年前建蓋好的。

　　其實在那棟大樓建蓋好之前，那裡是一片空曠，到處雜草叢生，很少人會經過。

　　某天爺爺不知道從哪戶人家租來一塊地，打算開始種植一些農作物自給自足，這個決定做得很倉卒，很快的在某一天招來大家一起去拔除雜草。

　　才花兩三天的時間，很快就將這片地的雜草拔除乾淨，這塊地沒有很大，約莫三到四坪的面積而已，眾人將土壤挖鬆後，一一的將買來的種子埋入土壤中，接著澆水施肥細心照料，經過幾個星期後真的發了芽。

　　從此之後爺爺愛上了在田野種植的生活，在大白天的時候，他會搬個小板凳在田野處坐著，頭上戴著草帽遮陽，微微彎著身體，充滿皺褶與老人斑的雙手小心翼翼的弄鏟子挖起土壤，有時候拔除新生的雜草，有時候細心照料著農作物。我只要一有時間，也會走到田野處觀看那些長出來的農作物，或是幫些小忙，印象中最多的就是地瓜葉，也有幾

顆高麗菜，看著它們從小小的芽最終長成大大的葉子，等待成熟後收成，帶回家增加菜色。

然而，田野的生活只持續幾年而已，最後那塊地被收了回去，沒有多久就看到那邊貼著工程建蓋的通知單，外圍也圍上了禁止靠近的黃色布條，那塊地就這樣消失了，最後被大樓掩蓋住，最終的最終只存留在我們的記憶深處。

美麗的回憶

消失的沙灘

文：倪小恩

　　外婆家位在台灣西南部的鄉下地區，鄰近於海之間的距離只相隔一條大馬路而已，每當踏入這片土地的時候，在還沒看到那片海之前，就可以聞到空氣中海水的味道，是那種帶點鹹味且濃厚的味道。

　　沙子也伴隨著空氣的流動，飄到的外婆家，若一天沒有清理院子，地板上就有一層薄薄的沙子，而且一天下來，若外出，頭髮跟衣服上都會沾黏著一些海沙。

　　記得小時候，那片沙灘非常的大，孩子們總是會在沙灘上面玩些遊戲，有的蹲下身撿起各式各樣的貝殼，有的堆起沙堡跟沙球，有的在沙灘上挖出個大坑洞放些玩具，有的互相追逐奔跑，有的在大人的觀看之下踩踏著海水嬉鬧，或者是站在消波塊上面看著海。

　　消波塊是台灣西南部海邊的特色，目的是用來消減大浪的四方形大石，海浪一波接著一波的打上來，激起許多的白色浪花，殘留下的泡沫飛快的消逝不見，接著又是一波波的浪潮，消波塊上面有很多的小螃蟹，似乎已經習慣大浪有頻率但毫無殺傷力的攻擊，一點也不畏懼的停留在消波塊上面。

　　然而，長期下來，沙波塊的存在反而造成沙層的流失，記憶中的那片沙灘跟現在看見的沙灘已經大相逕庭了，沙灘正慢慢的縮減，以前踏過沙灘走到海都要花上好幾百步的腳步，可現在踩個幾下馬上就碰到海水了，深怕未來總有一天，這片沙灘真的會消逝，最後只存留在記憶中。

青澀的暗戀

文：倪小恩

　　自己的目光總是不自覺地停留在某個人的身上，無法克制地偷偷觀察起對方的一舉一動，光是一顰一笑就能抓住自己的目光，每當知道對方會與自己處在同一個空間時，就會不自覺地做這些事情，而當對方轉過頭似乎要與自己對上眼的時候，因為害怕被發現而趕緊逃離視線。

　　表面上裝作若無其事，可實際上心跳加快、呼吸急促，非常的緊張，這些微激動的情緒要好一陣子才能平息恢復。

　　這是青澀階段時暗戀常有的事情，不論是男生偷看女生，還是女生偷看男生，青春彷彿一場雨一樣，悄悄的驟然降下，將每個人淋得濕透透，沒有人能躲過這場驟雨。

　　漸漸的會意識到男女之間彼此的差異性，以及身體上的變化。當某個在意的人出現後，就會有暗戀的現象發生，某某某在偷偷喜歡著誰誰誰，而因為初次嘗試到這種感情，大多數的人選擇暗戀，小心翼翼的對待，而某些勇敢的人則是沒有多想的就選擇告白，在還搞不清楚什麼是真正喜歡的時候，就勇往直衝了。

每當回想起這階段的自己，是否會感到會心一笑？甚至有點懷念單純的自己。

　　當時暗戀的那個人，往往最後都不會知道你喜歡過他/她，而你可能早就忘記對方的長相，但是對方的特徵是清清楚楚記得的，因為當時自己就是因為對方的某些特徵而被吸引住的啊！不是嗎？

水彩畫

文：倪小恩

有多久沒有畫水彩畫了？

遙遠的記憶中，雙手將顏料擠在調色盤上，拿起水彩筆沾些水，想要的色彩調好後，就直接在空白的畫紙上畫出第一筆。

初次學習水彩畫，並不曉得怎麼使用漸層或是顏色交疊方式來作畫，還以為色塊就是一塊一塊的畫上去，接著塗滿空白處，然後等乾，簡單的塗鴉畫作成形。

後期開始會使用不同的畫法後，慢慢地抓到訣竅，以相近的顏色慢慢渲染出去，或是以加水的方式來做渲染，光的來源相同，但每一樣物品的顏色跟位置不一樣，物品上面的漸層跟顏色的交疊也就會跟著不同。

以前畫一顆蘋果，簡單的塗上紅色顏料就大功告成，可是之後畫一顆蘋果卻耗上很多的時間來完成，蘋果的表面會有一點點的咖啡色、一點點的綠、一點點的橘跟一點點的黃，加上光線的關係，上頭會有個光點在，以及底下的陰影，要畫完完整的一幅畫可能需要好幾天的時間，但成果震驚，令大家

讚嘆不已，聽見這些稱讚也就覺得花這些時間是值得了。

能用上水彩用具的機率不多，應該就只有學校的美術課而已，每次的美術課都讓我期待，尤其是水彩課，只要水彩課開始前，大家紛紛拿起容器去裝水，擺出幾隻粗細不同的水彩筆跟一整盒顏色齊全的水彩顏料盒，便等著老師公告畫畫主題。

那些水彩用具從國小開始，到國中與高中都一直有在使用，甚至還拿去參加過幾次的繪畫比賽。但自從上了大學沒有美術課程後，那些水彩用具便封存起來了，放在櫃子中，從此再也沒有機會用到。

也因此，隨著時間的流逝，那些顏料最後都乾了、硬了，即便用力的擠壓也擠不出任何的顏料，最後只好忍痛丟棄。

久沒拿水彩筆的我，現在可能也畫不出當時的那種華麗驚豔感，這些回憶到最後只留在記憶中，偶爾想起回味一下。

美麗的回憶

言情小說

文：倪小恩

過往的言情小說封面都是一位穿襯衫的俊美男人，或是長相甜蜜可愛的女人，男人的眼神一定都是無比犀利有著勾引人的魅力，而女人的眼神一定是充滿無辜。

翻開小說後發現裡頭的角色設定，男主角不外乎都一定要高富帥，身分肯定都是總裁、董事長、總經理等等富二代的背景，個性除了冷漠又帶了點霸道，而女主角一定都是傻白甜，長相甜美外又有股不低頭的傲骨，家境一定都是貧窮正直路線，而女主角為了謀生就會四處打工。

然後男女主角來個莫名其妙的邂逅，邂逅後莫名其妙地對上眼，你看我我看你的，莫名其妙的彼此在心中記住了對方。

兩人會各自回想起見面的場景，女主角心裡想著這位陌生男人便心跳加快，直接暈船跳入戀愛的海水中，而男人則是有種自戀般的心態：女人，妳成功引起我的注意力了。

接著，老套狗血般的劇情發展，前面的劇情沒有高疊起伏，有的只是平平淡淡的發展，可是這些平淡中又帶了無比的寵溺與驚訝，男主角把女主角

當作公主一樣的疼愛，整個寵上天，像是要宣告全世界女主角是他的，毫無止境的宣告。

當兩人熱烈地談起戀愛的時候，男主角就會莫名其妙冒出一位青梅竹馬的未婚妻，她會想盡辦法的來陷害女主角，讓男主角對女主角產生誤會，然後惡言相待，讓讀者看了揪心，這誤會的劇情有可能會拖很久，也有可能一下子就快速結束，兩人解開誤會後又是一場甜蜜的劇情,然後劇情走向完結。

雖然言情小說的設定就是如此的老掉牙，可是愛看的讀者依然多、愛寫的作者也很多，因為現實中不停地上演著黑暗面，比如外遇背叛、劈腿、第三者、離婚、家暴等等令人煩惱的情節，沒有小說裡的甜蜜寵愛，就算有也只有一點點，於是這些讀者紛紛躲進小說的美好世界中，幻想自己是裡面的主角，被人寵愛對待著。

因為幻想而有著幸福感，這份短暫的幸福滋潤了現實中的乾涸，這樣追求開心，對他們來說也是種解脫的方式，也許所謂的美好回憶只存在言情小說裡面，想追尋這樣的感覺，看小說便是。

書店

文：倪小恩

　　近幾年來，因為網路商機的興起，知名的書店像是誠品書店或是金石堂書店一間接著一間的倒閉，在我家附近有一家佇立了二十幾年的金石堂書店，也跟著收掉了。

　　我很喜歡閱讀書籍，只要假日空閒時間就會到那間金石堂書店裡面看書，有時候會在那待一整個下午的時間，直到天黑才回家，這樣的時間剛好可以讓我閱讀完一整本的書，當看完一個故事後我便會覺得心滿意足。

　　可是書店終究不敵時代的變遷，最後連同回憶跟著收起。

　　電子書的興起雖然讓人閱讀方便，沒有書本重量的負擔，也不會占空間，只要有手機就可以閱讀，可是比起電子書，我還是喜歡雙手捧著書本感受書籍的重量，同時感受那一頁又一頁的新書味，以及用雙眼欣賞著那端正的字體印刷在每一頁的內頁中，最後交疊出一個完整的故事。

　　我相信還是許多人喜歡拿著實體書勝過於電子書，否則每一年的國際書展不會依舊人潮眾多，喜

愛書的我幾乎每一年都會去現場朝聖，除了逛每一間出版社的書攤，也會去參加自己喜愛作者的簽書會，其中最讓我印象深刻的是愛書的人依舊很多，因為我看過有人拖著行李箱去書展，直接將現場買的書一本又一本的全部都塞進行李箱中，一臉收穫很多的滿足表情離開現場。

因為喜愛書，即使家裡附近的書店倒了，我還是會搭火車去別的縣市的書店裡逛，還是會花一整個下午的時間待在書店裡摸索著文字。

美麗的回憶

國外地鐵

文：倪小恩

　　兩三年前去了美國紐約一趟遊玩，這是人生第一次抵達美國紐約，而最近因為新冠肺炎疫情肆虐全球的關係，每個國家都不安全，所以我想那一次的紐約行應該也是最後一次的紐約行了。

　　紐約是全世界著名的城市，第一次抵達紐約的我們開始瘋狂地四處拍照，完全開啟觀光客模式，拍大樓、拍房子、拍街道、拍地鐵、拍公園，幾乎什麼都拍，連路上的黃色消防栓也拍，隨便一個建築物就是壯麗特別，隨便一個景色就是明信片上的風景，就連去時代廣場除了逛街以外的時間，也幾乎都在拍照，才短短一天就手機的照片已經高達上百張。

　　這種興奮感難以言語，旅遊結束後回到台灣整理這些照片，其中，看到了美國地鐵的照片，想起國外的地鐵真的髒到無話可說，地板上有著好像累積幾年沒有清洗的汙垢，還有發出餿味難聞的垃圾桶，就算垃圾滿了也沒有人來清理，待在國外的地鐵中千萬不要靠著牆壁，因為牆上黏黏的，不知道上頭沾著什麼詭異東西，但很特別的是國外地鐵中的牆上面貼了很多張各式各樣的廣告紙，還有一些

小朋友畫的塗鴉，也許這是屬於他們崇尚自由的風情。

　　比起國外地鐵，台灣的捷運跟火車真的無比乾淨，定期都有著清掃人員來做清理，很少看到垃圾爆滿沒人清理的畫面，第一次搭乘國外地點的我真的有點不習慣，也對他們特有的風俗文化另眼相看，這可能是他們的獨特吧！

美麗的回憶

女孩愛漂亮

文：倪小恩

在小小的年紀中，看到美麗的事物便會不由自主的被吸引過去。

外頭櫥窗上的漂亮洋裝，看了會不禁停下腳步，開始幻想著自己穿上後會是什麼樣的感覺，我相信每個女生都會有這樣的時期，在小女孩的時候，就會想要開始打扮起自己，想讓自己變漂亮。

會趁著媽媽不在，偷穿那完全不合腳的高跟鞋，或是偷偷打開媽媽的梳妝台抽屜，偷抹著口紅與眼影，或者是偷戴著那些根本就不適合自己的項鍊與戒指，又或者會去打開衣櫥，偷穿那長到拖地的長裙，享受這短短的公主時光，之後再偷偷的把東西放回原位，恍若灰姑娘因為午夜十二點的來臨而脫去身上的美麗，我這短短的公主時光在察覺媽媽要回來時趕緊強迫結束。

這些小動作，在當時以為都沒有被發現，可是實際上大人們都知道，畢竟是自己的東西，有被挪動過的痕跡當然會知道。

因此在某次生日的時候，收到了一瓶小小的指甲油以及亮麗貼紙，貼紙是可以直接貼在耳朵上面

當作是耳飾的，我玩得不亦樂乎，將指甲油通通塗在指甲上，每次的出門耳朵也都會貼著貼紙，甚至會跟同年齡的女孩一起玩起這些道具，一起打扮著自己。

直到長大後，想起這當時的公主遊戲，會不由來的會心一笑，也許每個女生的人生中都有著短暫的公主夢，而這些公主夢隨著年紀而消逝，長大後的我們不再會想當公主，而是想當自己的女王。

鞦韆

文：倪小恩

　　後山的半山腰處有個鞦韆，是簡單用繩子跟木頭綁成的，長長的鞦韆就這樣掛在老樹的枝幹上頭，隨著風緩緩飄盪著，通常爬山的人爬到鞦韆處會停下來休息，有些人會坐在鞦韆上面喘息，或是喝水聊天，休息片刻後再繼續往上爬。

　　小時候我跟同齡的小孩會在鞦韆這裡玩，在鞦韆上盪了一會兒後就會換別人家的小孩玩，鞦韆這裡有棵大樹壟罩著，偶爾吹來的風雖然伴隨著土味以及草味，但卻涼爽無比。

　　隨著年紀的增長，比較少會有機會往後山走去，記得上次上去的時候，鞦韆雖然還在，可是卻用繩子緊緊捆住不允許人坐在上頭，更別說在上頭盪鞦韆了，我看到這塊底座木頭的腐蝕以及上面深淺不一的刮痕，很難想像這是小時候常常玩的那鞦韆板，對它來說，是也該休息了。

　　以前總是覺得來到鞦韆這裡的路很寬敞，現在卻覺得這裡的路很窄小，見到周圍那帶點陌生以及熟悉的景色，不知道是因為記憶久遠而模糊了，還是這裡早就趁我不在的時候悄悄起了變化。

我們那年代的孩童沒有任何的 3C 可以玩，只能玩些簡單的遊樂設施，光是鞦韆與溜滑梯就可以玩得不亦樂乎，而且就算沒有這些遊樂設施，路上隨便不同造型的石頭也可以撿來玩，每個年代的童年回憶都如此的不同，卻都無法被取代，每當想起這些，就會覺得很懷念。

那年夏天

文：倪小恩

　　這幾年的夏天，因為全球暖化的關係，氣溫直直上升，白天的溫度可以高達三十七度，除了溫度高，空氣也潮濕，黏黏膩膩的，令人覺得不舒服，總之就是個令人感到難受的夏天。

　　在高溫又潮溼的天氣下，一定得開冷氣來止熱，偏偏在某一年的時候冷氣無預警的壞了，偏偏剛好遇上炎熱夏天，冷氣的維修人員說要等個幾天才會修好，於是那幾天，我們簡直過著宛如水深火熱的生活。即使將家裡全部的電扇都拿出來吹，還是熱，空氣中都會伴隨著些微的汗臭味，裸露的肌膚上有著一層薄薄黏膩的汗液，有人因為受不了而去浴室沖洗，洗完澡的當下是舒服，但時間一久，黏膩悶熱的感覺又襲上身，簡直哀叫連天。

　　沒有冷氣的那幾夜，我們都睡在涼蓆上面，夜晚的溫度就好些了，還是睡得著，只是有時候半夢半醒的，有的時候也會因為口渴而醒來，醒來後我朝著廚房摸黑前進，也因為摸黑的關係我就沒有特地穿拖鞋，就這樣赤腳走在光滑的地板上，走著走著，我覺得我好像踩到了什麼東西。

　　腳底有著異物感，禁不住好奇心，我摸黑開燈，當眼睛適應了光線，我看到了地板上的物體，竟然是一隻蟑螂！好巧不巧的就這樣硬生生的被我給踩死！

　　我當下瞬間雞皮疙瘩，睡意全消失，趕緊去浴室將腳洗乾淨才走回寢室入睡，可是這回憶我想我一輩子都忘不了。

小時候的味道

文：倪小恩

美麗的回憶

　　不知道大家愛不愛吃紅豆餅？ 對我來說紅豆餅可說是小時候的味道。

　　車站附近有一家小攤販專門在販售紅豆餅，這家攤販在我小的時候就有了，價格便宜，當時 7 元就可以買到一顆紅豆餅，而且內餡滿滿，因此有時候只要肚子餓都會前來買一顆紅豆餅以果腹。

　　隨著年紀增長,這家紅豆餅的店依舊屹立不搖,而且小有名氣，每次經過都會有些排隊的人潮，需要等個幾分鐘才會排到，不僅如此，販售的口味也越來越多種可以做選擇，從一開始的紅豆、蘿蔔絲，到最後有了奶油，更後期還有蔬菜、巧克力、起士口味等等的，除了口味變多外，價格也提高了，從一開始的 7 元、10 元，以及後來的 12 元、15 元，到最後的 20 元、25 元，口味多了，價格也變了，但懷念的味道從來沒有變過，飽滿的內餡也依舊是那麼飽滿，每次只要吃一顆就滿足一整個下午。

　　我每次經過，都會看到排隊人潮，人潮不多，約莫四到五人，因為他們製作的速度很快，而且幾乎都會備貨，客人只要點餐，大約等幾秒鐘而已，店員就會將客人點的口味給裝袋好，隨即服務起下

一位的客人，這也是我常常光顧的原因之一，等待時間少，很快就可以嘗到美食。

　　我並不知道這家紅豆餅到底開了多久，只希望這家紅豆餅店能一直存在，讓我偶爾肚子餓了，可以懷念起這小時候的味道。

美麗的回憶

時代的眼淚

文：倪小恩

學生時期，在網路上撰寫網誌或是經營部落格在同儕之間是很流行的一件事情，比如當時很火紅的無名小站，幾乎每個人都會有一個無名帳號。

喜愛寫文章的我每天都會在上頭撰寫心情故事，或是分享今天的趣事，又或者是發表自己的創作文章。我發文的頻率很高，幾乎天天一篇，有時甚至一天兩篇以上，寫網誌這件事情對我來說已經習慣了，好像一天沒有撰寫就全身不對勁似的。

除了自己撰寫外，另外還可以透由加好友來觀看好友們發表的文章，進而得知他們的生活近況，網誌上除了文字以外，還可以在文字之間穿插一些照片，讓閱讀的人在閱讀的時候可以一邊觀看照片，而我更喜歡看一些圖文創作的部落格，內容實在有趣又吸睛。

然而在後期因為臉書的興起，人們漸漸地從無名小站中出走，紛紛轉戰於臉書上面，加上臉書上面有很多款不同的小遊戲，吸引更多人前往，就這樣漸漸的無名小站的人氣越來越少，而最後的最後，不得不宣布關閉。

　　社群媒體不斷的進步，日新月異，從早期的無名小站，到近年來的臉書，以及後面興起的 IG，從原本一大篇多字的文章網誌，最後演變成以圖片為主流的形式，加上手機修圖軟體的興起，搭上這波潮流，造就許多網美網帥的產生。

　　以前在閱讀無名小站的文章時，總會想像這文章的創作者是怎麼樣的人，有種神秘的感覺，然而現在社群媒體上的照片琳瑯滿目，若不拍出好照片，好像就不太會吸引觀眾的樣子，比起好的文筆，圖片的吸睛度更為重要，我覺得這一切好像變了調。

美麗的回憶

睡前節目

文：倪小恩

在小的時候，周末假日晚上都會守在電視機面前，為的就是要看那時候很火紅的經典節目《玫瑰之夜-鬼話連篇》。

我記得當時這節目是在晚上十點的時候播出，內容是請來賓分享親身經歷的鬼故事，而且也會請觀眾投稿靈異照片，並請靈學老師講解分析，當時的相片都還是使用底片式的那種沖洗方式，並不像現在有一堆軟體可以修圖造假，所以更加確信那些靈異照片的真實性，而一些台灣經典的靈異故事也是從這節目出來的，像是紅衣小女孩、人面吳郭魚等等。

以前總是又怕卻又愛看，聽著那些驚悚的鬼故事，加上電視節目的陰森配樂，從頭到尾都伴隨著緊張的氣氛，主持人也很厲害的可以抓取觀眾的眼球，營造氛圍，看了真的覺得內容很害怕，但又捨不得去睡覺，一定要看到最後節目結束後才滿足的上床睡覺。

而且有趣的事情是，我們都要先洗完澡再準備看節目，因為若看完節目再去洗澡，根本就不敢一

個人洗澡，父母也以此為誘因要我們趕緊洗澡刷牙，看完節目後再一起哄去床上。

　　雖然之後電視台也有類似的靈異節目，也是關於鬼故事的，可是卻沒有早期這節目來的精彩又吸睛，加上現在手機的相機已經越來越進步，就算不小心拍到了靈異照片，也有可能會被觀眾朋友們質疑，經典的節目之所以稱為經典，就是永遠都不可能會被取代。

蠶寶寶

文：倪小恩

　　國小因為自然課的關係，突然流行起養蠶寶寶這件事情，有趣的是學校福利社或是雜貨店還會販售蠶寶寶，整個颳起一陣養蠶寶寶的旋風，班上同學還會帶自己養的蠶寶寶去學校炫耀，有些人的蠶寶寶營養不良，有些人的蠶寶寶卻胖得跟手指一樣粗。

　　我記得當時假日的時候，都會與家人一起去外頭找蠶寶寶的食物，也就是桑葉，找到的時候還得將桑葉洗乾淨，並且拿衛生紙擦乾，確認完全乾後才敢給蠶寶寶吃，看著那些蠶寶寶啃蝕著桑葉，不曉得為什麼，心情特別得好，好像那些桑葉沒有白採的感覺。

　　養蠶寶寶有些重要的事情要注意，別不小心讓水滴落在牠們身上，否則牠們會死，也千萬要小心螞蟻們。養到最後，這些蠶寶寶開始吐絲了，將自己的身子包在繭裡面，但卻有些蠶寶寶沒有吐好，體內的絲都吐盡了，身子也開始變黃了，卻沒有繭可以安頓自己，進而慢慢走向死亡，成功成繭的就繼續放著，直到某天裡面的蛾破繭而出來交配。

　　記得當時真的有養到牠們破繭而出來交配的畫面，一公一母的蛾屁股相貼在性交，沒有多久就從母蛾身上產下一堆卵，約莫上百顆，可是這些卵等了一個多月都沒有動靜，最後就這樣不了了之了。我也記得曾經從長輩那裡拿到一堆剛孵出的蠶寶寶們，本來打算要好好照顧的，結果一夕之間全都被螞蟻當作了食物，我們只能欲哭無淚的接受這些結果。

　　現在想起這些回憶，覺得好懷念，也問了已是國小生的表弟們，他卻說他們根本就沒有這活動，看來這些回憶真的只能是回憶了。

美麗的回憶

色紙

文：倪小恩

　　記得以前國小的美勞課，有時候會出現一個工具，就是色紙。顧名思義是有顏色的紙，形狀方方正正的為正方型，價格非常的便宜，只要十塊錢。

　　我們會拿色紙剪剪貼貼，剪出想要的形狀貼在空白的圖畫紙上，進而形成一幅畫。

　　除了剪貼的方式，也會用摺的。

　　有的時候所買的色紙袋裡面會附上一張摺法，每次拿到的摺法不盡相同，上面有時候是教我們怎麼摺花，或是怎麼摺動物。色紙可以摺出很多很多的東西，我記得我曾經拿色紙摺過一整束的百合花送給當時的老師；也記得我摺過一些小動物，我摺過彈跳青蛙，摺好後按壓它的背部，它真的可以彈跳起來，就像是青蛙在跳一樣；我也記得我摺過吹氣球，摺完後是扁扁的菱形狀，接著在裡面吹氣，它就真的鼓起形成了一顆氣球。

　　但因為記憶已久，很多東西摺法我都忘記了，可偏偏摺紙鶴我並沒有忘記，因為在以前最常摺的就是紙鶴了，記得那時候百般無聊，買了一堆色紙回家摺，一隻又一隻不同顏色的紙鶴被我放在桌上，

　媽媽見狀，最後拿線將所有的紙鶴串在一起掛在窗戶邊，任由它隨風飄盪，好像真的在飛翔一樣。

　　我有時候會看著那些飄盪的紙鶴發呆，心裡想著要不要幫他們增加同伴，但因為實在太多串，這想法很快的就被媽媽制止。

　　以前的我們在摺紙鶴，而現在的小孩似乎不知道紙鶴怎麼摺，過程中我們都要耐心的教導，好不容易摺好了紙鶴，下一秒卻被他們給破壞，我想，大概懂得回味這些的就只有我們這年紀的人吧！

國家圖書館出版品預行編目資料

美麗的回憶 / 六色羽、語雨、破風、倪小恩　合著-初版-
臺中市：天空數位圖書　2022.03
面：14.8*21 公分
ISBN：978-986-5575-86-1（平裝）

863.55　　　　　　　　　　　　　　111002871

書　　　　名：美麗的回憶
發　行　人：蔡輝振
出　版　者：天空數位圖書有限公司
作　　　者：六色羽、語雨、破風、倪小恩
編　　　審：非常漫活有限公司
製 作 公 司：盈愉有限公司
美 工 設 計：設計組
版 面 編 輯：採編組
出 版 日 期：2022 年 3 月（初版）
銀 行 名 稱：合作金庫銀行南台中分行
銀 行 帳 戶：天空數位圖書有限公司
銀 行 帳 號：006-1070717811498
郵 政 帳 戶：天空數位圖書有限公司
劃 撥 帳 號：22670142
定　　　價：新台幣 410 元整
電子書發明專利第　Ｉ　306564　號

天空家族
Family Sky
企業集團
Conglomerate

服務項目：個人著作、學位論文、學報期刊雜誌等出版印刷及DVD製作、
影片拍攝、網站建置與代管、系統資料庫設計、個人企業形象包裝、技能
檢定影音平台與檢定系統建置、多媒體設計、電子書製作。
TEL　：(04)22623893
FAX　：(04)22623863　　　　MOB：0900602919
E-mail：familysky@familysky.com.tw
Https：//www.familysky.com.tw/
地　址：台中市南區忠明南路 787 號 30 樓國王大樓
No.787-30, Zhongming S. Rd., South District, Taichung City 402, Taiwan (R.O.C.)